온기를 나누는
겨울이 되었으면-
은모든

당신 삶에 도착하는 것들.
2023-겨울-박연준

아무리 춥고 어두워도 -*
눈을 미워하지 말아요.
정용준.

귤락에는 비타민이 많대요 :^^:
귤도 글도 많이 드시길!
김 성 중

호떡처럼
달콤하고 든든한
겨울 나시와요♡
예소연

유자의 꽃말은 기쁜 소식♡
기쁜 일이 가득하시길 바랍니다
김지연

겨울 간식집

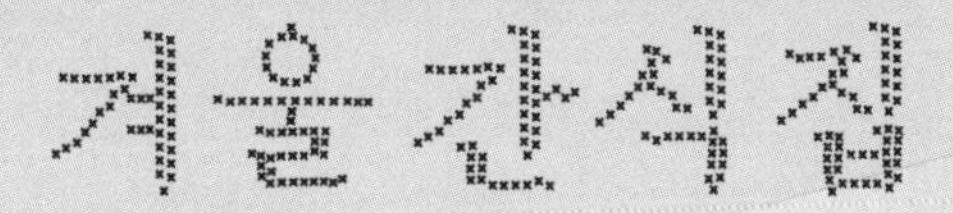

× 겨울 간식 테마소설집 ×

읻다

차례

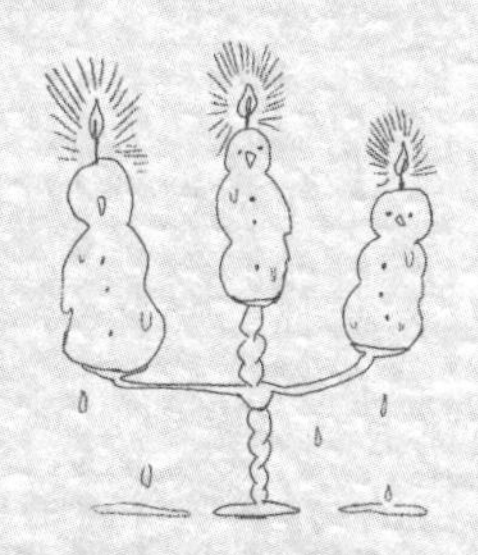

한두 벌의 다른 옷

박연준

—아가씨, 지금 방송에 나오는 브라자, 사이즈를 모르겠어서 그래. 아가씨가 한번 입어봐 주면 어떨까? 아가씨 사이즈가 몇이야? B컵? C컵? 부끄러운가? 나 이상한 사람은 아니고, 애인한테 선물하고 싶어서 그래.

영혜 어머니는 내가 헤드셋을 쓰고 홈쇼핑 주문 전화를 받고 있을 때도 전화를 했다. 점잖은 목소리로 저런 말을 하는 중년 남자를 상대하는 순간에도, 영혜 어머니는 전화를 했다. 나는 한 손으로 휴대폰 진동을 멈추게 하고, 다른 한 손으로는 마우스를 움직여 모니터의 '진상고객란'을 클릭하며 말했다.

—고객님, 안타깝지만 규정에 어긋나는 일은 해드릴 수 없어서요. 도와드릴 수 없어 죄송합니다. 자동전화로 주문하시

면 1000원 할인해 128,900원에 구매하실 수 있습니다. 상담원 이여름이었습니다.

전화 연결을 끊고 '이 번호 연결 금지'를 신청했다. 실수는 없었다. 화를 내거나 무례하게 응대하지도 않았다. 나는 콜센터에서 비정기적으로 실시하는 '고객 응대 모니터링'에 언제나 3위 안에 들었다. 명백한 시험이고 협박이었다. 3위 안에 든다 해도 직원들 앞에서 박수를 받는 게 다였다. 나는 왜 친절사원이 되었는가. 아니지, 나는 왜 친절 알바생이 되었는가. 그건 중요한 게 아니다.

헤드셋을 벗은 뒤 담배 한 개비를 꺼냈다. 한 시간에 한두 번은 나가서 환기를 해줘야 이 짓도 할 수 있다. 썸을 타는 남자와 데이트를 하고 있을 때에도 영혜 어머니에게 전화가 왔다. 너희 집에 잠깐만 들어가면 안 될까, 들어가서 고양이를 한번 만져보면 안 될까, 수작을 거는 남자의 목에 돋아난 쥐젖을, 쥐젖의 하찮은 크기를, 무용한 돋아남을 관찰하고 있을 때에도 영혜 어머니는 전화를 했다.

—알지, 너 바쁜 거. 그런데 말이다. 엄마가 속상해서 그래. 여름아, 나는 있잖아. 너한테 말하면 네가 내 맘을 다 알 것 같고 그렇다.

내가 무엇을 어떻게 안다는 것인지, 영혜 어머니는 설명하지 않았다. 오늘따라 유달리 횡설수설하는 영혜 어머니에게 술을 마셨는지 묻고, 아니라는 답을 들은 뒤 전화를 끊으려 했다. 영혜 어머니는 나와의 통화가 일상의 부표라도 되는 듯, 붙잡고 얼마간 견디어야 다음으로 넘어갈 수 있다는 듯 고집스럽게 전화를 했다. 매일은 아니고 일주일에 두 번은 그랬다. 나는 열 번 중 한두 번만 전화를 받았다.

—어머니, 저 일주일에 나흘은 늦게까지 일해요. 그러니 전화 주셔도 통화하기 어려워요.

나는 영혜 어머니에게 꼬박꼬박 '어머니'라는 칭호를 썼고, 그녀는 내게 꼬박꼬박 '엄마'라는 호칭을 들이밀었다. 미묘한 신경전이었다. 영혜 어머니는 싫은 내색을 비추는 내게 바쁘더라도 너무 늦게 귀가하지 말라며, 맥락에서 15도쯤 빗나간 말을 건네고 전화를 끊었다. 전화를 끊은 뒤 (아직도) 내 앞에서 있는 남자의 쉬젓을 어떻게 떼어버릴지 고민했다.

아르바이트를 하지 않는 날에는 성희와 동네 책방에서 '시 창작 강의'를 들었다. 둘 중 누가 더 시를 잘 쓰는지, 빛이 나는지, 그런 건 중요치 않았다. 우리는 둘 다 소설을 쓰고 싶어 했다. 시는 나중에 우리가 '진짜 소설'을 쓸 때 도움이 될까 싶어 배우는 거였다. 정말 그랬던가? 아니. 아닌 것 같다. 그때 우리는 시를 꽤 좋아했다. 여러 말 하지 않고 단 몇 줄로 끝장을 내거나 시작하지 않은 채로 공중에서 분해되는 무언가를 보는 일이 좋았다.

강사는 등단 후 20년 동안 두 권의 시집을 낸 시인이었다. "여러분, 시를 써서 뭐 하나요. 시 같은 건 쓰지 않는 게 나을지도 모르죠. 시는 사는 데 아무 도움이 안 될지도 모릅니다." 이렇게 시작해 수업 막바지에는 "전부를 거세요. 다리 한 쪽, 발가락 다섯 개 말고 전부를, 종이에 깨소금 뿌리듯 시 쓰려 하지 말고, 세상을 비추려고 온 태양처럼 열렬하게 쓰세요. 쏟아지세요!" 이렇게 성토하는 사람이었다.

나는 휴학과 복학을 반복하며, 가까스로 대학 졸업반에 당도한 스물여섯이었다. 국문학을 전공했지만 '국어음운론'이나 '국어의미론' 같은 수업은 지루했다. 내가 알고 싶은 건 무언가를 제대로 쓰는 일이었다. 국문과 수업에서는 그런 걸 가르쳐주지 않았다. 성희는 나와 같은 과 친구로 졸업하고 사설 기관에서 창작 수업을 들으며 놀고 있었다. 늘 일을 해야 하는 내 입장에서 볼 때, 성희는 늘 노는 것처럼 보였다. 우리는 자주 붙어 다녔다. 둘이 나란히 앉아 대화할 때면 어쩐지 늙어버린 기분이 들었다.

—시 말이야, 배울 수 있는 건가?

—배울 수 있는 거니까 이런 수업이 열리는 거 아닌가?

—이런 식으로 말고. 진짜 배우는 거.

— 우리 지금 가짜로 배우는 거야?

대화란 진짜가 있고 가짜가 있는 법. 성희와 대화할 때면 가짜 대화를 하는 기분이 들었다.

— 여름이 너는 시에 소질이 있는 것 같아.

성희가 말했다.

— 재수 없는 소리 하지 마. 난 소설을 써서 벼락부자가 될 거야. 샐린저처럼 딱 한 권으로, 벼락부자가 된 다음 은둔할 거야.

— 로맨티스트네.

이 말에 항의하려는데 성희가 덧붙였다.

— 난, 시는 안 쓸 거야.

한국어는 조사를 살펴 들어야 한다. 얘가 이렇게 말하는 건 다른 장르보다 '시'에 무지막지하게 마음이 있다는 뜻이다. 그렇게 알아들으면 된다. 성희는 대체로 좋아하는 건 관심 없는 척, 싫어하는 건 참을 만한 척했다. 어느 가을에는 이러는 거다. "코스모스, 여리고 한들거리는 거 끔찍하지 않냐? 어우, 난 코스모스 보기 싫어서 가을이 싫어. 정말 싫어." 몇 주 뒤 성희의 공책에서 말린 코스모스 한 송이를 봤다. 파리하게 납작해진 코스모스 옆에 자작시까지 써놓은 게 아닌가. 이 무슨 해괴한 짓이람. 코스모스가 싫다면서? 싫어서 죽인 뒤 박제해 놓은 건가? 그러고도 모자라 성희는 시 창작 수업에 '흑백 코스모스'란 제목으로 시를 써 오는 아이였다. 내게 한 말은 기억하지 못하는 게 분명했다.

성희는 창작 수업을 부지런히 찾아다니다 M대학 문예창작과 석사 과정에 진학했다. 본격적으로 소설을 써보겠다고 했다. ('시'를 쓰고 싶은 게 아닐까, 나는 의심했다.) 성희는 대학원 첫 학기부터 나를 붙잡고 하소연했다.

—너 말이야. 절대로 대학원에는 들어오지 마. 여긴 지옥이야. 악마들 천지야. 학부 때와는 차원이 달라. 각자도생하는 사회야. 아니, 사회보다 더 지독해. 딱히 배우는 게 없어. 정말 돈 아까워.

성희는 그곳에 적응하지 못하는 이유가 '악마들'과 '고착화된 대학원 시스템' 탓이라 했다. 아직 학부 졸업도 하지 못한 내게 대학원에 들어올 생각을 하지 말라는 얘기를 만날 때마다 했다. 어느 날은 내가 성희의 어깨를 붙잡고 정색하며 말했다.

—안 가. 나 대학원 안 갈 테니 걱정하지 마. 대학원이 그렇게 싫으면 그만둬. 네 얘기 듣기 지겨워.

내 말에 성희보다 더 놀란 건 나였다. 지겹다는 말을 친구에게 해도 될까. 성희의 표정이 말해주었다. 그러면 안 되는 거였다. 성희는 가방을 챙겨 일어섰다. 내 말이 너를 그렇게 지겹게 만들었다니 꺼져줄게, 이 말과 함께 성희는 촛불처럼 꺼졌다. 물론 며칠 뒤 다시 피어나는 촛불이었다.

그 후로도 성희와 늘 부딪쳤다. 그게 우리였다. 소리가 아름답지 않은 건배처럼, 한 컵이 다른 컵을 넘어뜨리거나 깨뜨리고 싶어 태어나는 건배처럼, 우리의 대화는 부딪쳤다. 큰 싸움이 아니라 작은 다툼이었다. 나중에 나는 우리의 싸움이 큰 싸움으로 번지지 못한 이유를 관계의 헐거움 때문이라고 생각했다. 만약 내가 성희와 죽고 못 사는 사이였다면 싸움은 큰불로 번졌을 것이다. 황폐하게 재만 남기고 괴로워하다 어쩌면 재 위에서 다시 시작했을지도 모른다. 우정에도 큰 사랑과 작은 사랑이 있다. 하지만 성희는 내게 영혜를 소개해 준 친구다.

*

서울에 폭설이 내려 눈이 발목까지 쌓인 날, 영혜를 만났다. 성희가 주최한 자리였지만 성희가 없어도 상관없는 자리였다.

—이렇게 비싼 땅에 건물을 세놓지 않고 가족들이 사용한다니, 말이 돼? 이 언니네 찐 부자야. 인정해. 돈이 많은 건 좋은 거야. 안 그래?

성희의 말에 고개를 끄덕였다. 달리 어떻게 반응해야 할지 몰랐다.

— 광화문에 건물을 가지고 있는 사람이 어디 흔하냐고. 딱 광화문 건물 수만큼 있겠지!

성희는 자기 유머에 만족한 듯 웃었다.

— 이 건물, 영혜 언니네 친가 소유라는데, 그냥 자기네 거지 뭐. 어머니는 1층에서 호프집을 하시고, 5층 반은 부모님이 쓰고 나머지 반은 언니 혼자 쓴대.

성희는 빠르게 덧붙였다.

— 너 이상한 말 하지 마. 대학원에 가서 건진 몇 안 되는 인맥이니까. 대학원에 왜 가겠니? 인맥 때문이지. 안 그래?

성희에게 들은 이야기는 이랬다. 영혜는 우리보다 다섯 살이 많다. 몸이 약해 학교에 자주 못 나온다. 수업 중에 쓰러진 적도 있다. 영혜와 친한 사람은 거의 없다. 대부분 혼자 지내고, 신비감에 휩싸여 있다. 부잣집 외동딸이다. 까다롭고 고급스러운 취향을 가졌다. 진짜 문학도다. 학부 때 시 잘 쓰는 애로 유명했다.

나는 턱을 괸 채 관심 없는 척 들었지만, 성희의 말을 한 마디도 놓치지 않았다.

영혜는 발목까지 오는 검정 코듀로이 원피스에 빨간 캐시미어 카디건을 어깨에 두른 채 서 있었다. 싱크대 위에 캠핑용 버너와 냄비가 올려져 있었다. 도마 위에는 막 썰어놓은 듯 푸릇한 과일이 보였다. 희고 길고 날씬하네. 자작나무 같다. 영혜에 대한 첫인상은 그랬다.

— 너가 여름이구나. 이리로 와볼래?

영혜가 웃었다. 웃을 때 코에 주름이 잡혔다. 영혜는 왼손으로는 허리를 짚고 오른손으로는 아무렇게나 토막 낸 사과와 배, 오렌지를 냄비에 넣었다.

— 너네 오기 전에 완성해 놓으려고 했는데 미안. 뱅쇼를 끓이려고 하거든. 마셔본 적 있어?

나는 마셔본 적 없다고 답했다.

— 말린 과일을 넣으면 향이 더 그윽하게 오래 남을 텐데 그럴 시간이 없어서. 과일을 언제 말리고 있니? 수분, 그건 과일이 가진 정체성인데 정체성이 달라질 정도라면 시간이 필요하잖아. 과일을 말린다는 건 인내심이 필요한 일이거든. 계절이 바뀌길 기다리는 마음만큼.

— 요새는 다들 식품건조기를 쓰죠. 누가 과일을 직접 말려요? 말린 과일을 팔기도 하고요.

성희의 말에 영혜는 고개를 저었다.

— 식품건조기? 그런 걸 사용할 마음은 들지 않아서.

나는 끓이기에는 과일이 지나치게 싱싱하다고 생각했다. 단단하고, 열렬히 살아 있는 과일을 단지 향을 입히기 위해 끓인

다니. 그거 참 고급 취미군.

—아깝다. 향을 내기엔.

혼잣말에 가까운 내 중얼거림을 듣고 영혜가 미소를 지었다. 눈길을 뚫고 구급차가 달려가는지, 밖에서 사이렌 소리가 길게 울렸다. 순간 몸의 신경이 하나둘 일어서는 기분이 들었다. 처음 와보는 장소, 책으로 둘러싸인 널따란 작업실, 한쪽에서 뱅쇼를 끓이는 모르는 사람. 곧 흥미로운 영화가 상영될 것 같았다. 영화의 주인공이 나와 영혜인 것은 분명했다.

영혜는 미리 따놓은 와인 두 병을 과일이 든 냄비에 쏟아부었다. 냄비 밖으로 몇 방울, 붉은 와인이 튀었다. 와인이 끓을 때쯤 영혜가 찬장에서 무언가를 꺼냈다.

—팔각이란 거야. 계피가 없으니 대신 이걸 넣자.

영혜는 원통으로 된 유리함에서 팔각을 두 개 꺼내 하나는 냄비에 넣고, 하나는 내 손바닥에 올려놓았다.

—꼭짓점이 여덟 개라 이름이 팔각이래. 별 같지?

내 손바닥에 놓인 건 꼭짓점이 여섯 개뿐이었다.

—작은 불가사리 화석 같네요.

냄새를 맡아보니 향이 진했다.

—가져도 돼요?

—그럼. 가지라고 준 거야. 예쁘지?

반대편에서 책장을 구경하던 성희가 우리에게 다가왔다. 팔각의 냄새를 맡아보고, 자기 손바닥에 올려 들여다보고는 내게 주었다. 나는 팔각을 조심스럽게 바지 주머니에 넣었다.

와인이 끓을수록 강한 냄새가 작업실을 뒤덮었다. 중국집에서 맡아본 냄새 같기도 하고, 이국의 낯선 골목에서 날 것 같기도 한 냄새였다. 냄비 안을 들여다보았다. 와인도, 과일도 아니었다. 냄새의 원인은 팔각이었다. 더 가까이에서 맡고 싶은 향기 같기도 하고, 코를 부여잡고 멀리 달아나고 싶은 악취 같기도 했다.

—어떻게 보면 음식물 쓰레기 냄새 같기도 해요.

성희가 코를 쥐며 창문을 열었다. 김 서린 창문에 매달려 있던 물방울이 일제히 흘러내렸다. 이 냄새가 우리를 잠식할 것 같다고 생각할 때쯤, 영혜가 불을 껐다.

—사실 나 뱅쇼 처음 끓여봐. 맛이 어떨까?

영혜는 물컹해진 과일을 국자로 건져내 개수대에 부려놓았다.

—시커멓네.

—좀 징그럽네요.

—차가운 수술대에 놓인 시체 같지?

—버려진 장기들 같은데요?

나와 영혜의 말에 성희가 연극적으로 비명을 질렀다.

—으, 대화가 피비린내 나는구먼. 자, 주인공은 과일이 아

니라 피예요, 피! 얼른 마셔보고 싶어요.

과일을 건져내자 뱅쇼의 양이 반으로 줄었다. 어쩌면 주인공은 버려진 것들일지 모르겠다는 생각이 들었다. 아직 피를 머금고 있는 물컹한 껍질들, 저게 진짜일지도 모른다고 생각했다. 두 사람이 잔에 뱅쇼를 따르고 있을 때, 나는 몰래 과일 더미를 헤집어 팔각을 찾아냈다. 시뻘겋게 엉긴 것들 사이에 숨은 꼭짓점이 여덟 개인 진짜 별. 여전히 딱딱하고 따뜻했다. 키친타월로 팔각의 물기를 닦아내고 주머니에 넣었다. 주머니 속이 알 수 없는 붉음으로 물들 것 같았다. 하나는 여섯 개, 하나는 여덟 개의 꼭짓점이 있는 팔각. 집에 들어가면 고양이가 낯선 냄새가 나는 나를 경계할지도 모르겠다고 생각했다.

— 오늘 꼭 크리스마스 같네.

영혜는 뱅쇼가 담긴 잔을 식탁에 올리고 호밀빵과 버터, 견과류와 치즈를 꺼내 접시에 담았다. 미리 사 둔 김밥 두 줄과 스위스 초콜릿 한 줌도 곁들였다. 처음 마셔본 뱅쇼는 뜨겁고 시고 떫었다. 뱅쇼를 먹어본 적 없기에 원래 뱅쇼의 맛이 이런 건가 생각했다. 달지 않아서 좋았다. 우리는 두껍게 자른 호밀빵에 버터를 바르고, 견과류를 올려 먹었다. 빵의 거친 식감과 버터의 부드러움, 견과류의 고소함이 마음에 들었다. 영혜는 음식을 거의 먹지 않았다. 성희와 내가 주로 먹었다. 우리는 김

밥에 땡초가 들어 있는 게 신의 한수네, 안주로 김밥은 최고지, 와인은 초콜릿과 궁합이 좋아, 아냐 와인은 치즈야, 이런 대화를 나누며 웃었다.

돌아가고 싶은 생각이 들지 않았다. 영혜도 시간이 괜찮다면 더 있다 가라며 우리를 붙잡았다. 성희가 코트를 입고, 머플러를 두르고, 장갑을 낄 때까지도 나는 딴청을 부렸다. 눈썹을 치켜올리며 정말 안 일어설 거냐고 묻는 성희의 얼굴을 못 본 척했다. 성희를 배웅한 뒤 영혜와 나는 옥상으로 올라갔다. 담배를 피우며 눈을 구경했다. 뜨거운 얼굴이 찬 공기에 서서히 식어가는 것을 느끼며 이야기를 나눴다. 아무도 밟지 않은 옥상의 눈을 둘이 밟았다. 이야기가 끊이지 않았다. 우리는 무거운 얘기는 가볍게, 가벼운 얘기는 무겁게 했다. 많이 웃고, 눈물이 날 것 같을 때는 담배를 피웠다. 차고 흰 눈에 담배를 눌러 끄고 꽁초는 모아서 가지고 내려왔다. 하루 사이에 더없이 가까운 사이가 된 것 같았다. 둘 사이에 유연한 막이 존재하는데, 그 막이 서로에 대한 호기심을 부추기는 것 같았다.

타인은 아름다워. 그날 나는 처음으로 그렇게 생각했다. 모르는 사람. 모르는 사람이 아름다울 때, 그 감정은 진짜다. 나를 제대로 속일 수 있다.

*

어떻게 아파, 물어보면 영혜는 얼굴을 찡그렸다. 질문만으로 통증을 느끼는 사람처럼 보였다. 그냥 아파, 말할 수 없이 아파. 영혜는 대답했다. 얼마나 아픈지 설명할 수 있다면 살만한 건지도 모른다. 영혜는 아니었다. 그럭저럭 살아갈 만큼 아픈 사람이 아니었단 뜻이다. 영혜를 알게 된 뒤 병을 두 종류로 나누는 버릇이 생겼다. 통증이 있는 병과 통증이 없는 병. 당장은 통증에서 벗어난 채로 앓는 병도 세상에는 얼마든지 있었다. 영혜는 아니었다.

구체적으로 어디가 아프냐고 물어보면 영혜는 등이랑 팔이랑 허리랑, 그냥 여기저기가 아프다고 했다. 몇 해 전 영혜는 교통사고를 당했고 그 후유증으로 CRPS(복합부위통증증후군)가 왔다고 했다. 그렇다. 병은 오는 거다. 영혜에게, 혹은 다른 누구에게나 올 수 있다. 이 병은 통증으로 사람을 서서히 갉아먹는다. 주로 신경을 차단하는 케타민 시술을 하거나 병원과 경찰서에서 같이 관리하는 마약성 진통제를 투약하고, 팔에 마약성 패치를 부착하는 치료를 한다. 영혜는 투명한 반창고처럼 보이는 패치를 자주 붙이고 있었다.

—아침에 일어나 어제 마시던 식은 커피랑 약을 먹어. 아프기 전에. 너무 끔찍해서 그게 오기 전에 먹어야 해. 오후쯤 패

치를 하나 붙이고, 저녁 약은 상태를 봐서 먹지. 그러면 그럭저럭 살 만해.

—이거 마약인데, 중독될 위험은 없어?

—중독될 수 있지. 내성이 생길 수도 있고. 안 그래도 용량을 한 번 올렸어. 그런데 여름아, 용량을 처음 올려서 붙이잖아? 그럼 되게 기분이 좋다. 이래서 사람들이 마약을 하는 건가, 싶더라고.

내가 찡그리자 영혜는 걱정하지 말라며, 의사와 상담해서 올린 거니 안전하다고 했다. 하지만 영혜는 자주 불안한 모습을 보였다. 어느 날은 손목에 얇은 가죽 팔찌를 친친 감고 있길래 멋도 좋지만, 너무 과한 거 아니냐고 물었다. 손목에서 10센티미터는 족히 되는 높이까지 팔찌로 팔을 감싸고 있었다. 영혜는 미소를 지으며 팔찌를 풀었다. 스웨터에서 올이 풀리듯 손목에서 팔찌가 휘휘, 길게 풀렸다. 손목에 가로로 여러 줄이 그어진, 리스트 컷Wrist Cut이 보였다.

—그렇게 해선 안 죽어.

—나도 알아.

—죽고 싶으면 세로로 길게, 동맥까지 깊게. 그렇게 끊어내야 죽어.

—알지. 내가 정신이 없을 때 그런 거야. 미안.

—진짜 죽을 거 아니면 이런 거 하지 마. 다신 하지 말라고.

정말 싫어.

나는 독하게 말했다. 자살 시도라면 신물이 났다. 죽지 않는 자살이라면 내겐 모두 협박으로 보였다. 살려고 애쓰는 사람들을 향한 협박. 그땐 몰랐다. 손목에 상처를 내는 사람은 죽고 싶은 게 아니라 외로워서, 살아 있다는 실감을 갖고 싶어서 몸에 흠을 내보는 거란 것을. 그때 나는 더없이 냉정했다. 고통과 어둠은 밀어내거나 휩싸일 수는 있어도 끊어낼 수는 없는 거라고 생각했다.

통증은 사람에게 공포를 경험하게 한다. 단 한 번의 극심한 통증으로도 그렇게 만들 수 있다. 공포심은 오지 않은 것이 이제 막 올 것 같을 때 극에 달한다. 영혜는 늘 '준비하는 사람'이었다. 아프지 않게, 끔찍한 일이 일어나지 않게, 사전에 모든 것을 완비해 놓아야 안심하는 사람이었다. 영혜의 책상은 작은 문구점을 방불케 했다. 책과 공책, 랩톱은 물론 클립, 스티커, 자, 풀, 포스트잇, 핀셋, 투명파일…… 이것들이 모두 꺼내져 있었다. 원탁에는 영혜가 읽는 책, 읽어야 할 책들이 표지가 보이도록 전시되어 있었다. 열 권, 어느 때는 스무 권도 넘었다. 작은 서점 같았다.

영혜는 내게 입지 않는 옷을 주었다. 가득 찬 옷장을 정리해야 한다고 했다. 나는 영혜가 꺼내 온 옷들을 신중하게 만져보고 한두 벌만 골랐다. 그것을 집으로 가져와 내 옷장에 걸어두면 기분이 이상했다. 한두 벌의 다른 옷이 껴 있을 뿐인데, 다른 사람의 옷장 앞에 선 기분이 들었다. 다음 날, 그다음 날도 옷장에서 영혜 냄새가 났다. 그 냄새는 좋았고, 한편 싫기도 했다. 그러다 영혜가 준 옷들을 따로 골라내 쇼핑백에 넣은 뒤 방 한구석에 놓아두었다. 곧 누군가에게 들려 보낼 것처럼 오랫동안 그곳에 두었다.

우리가 늘 고통에 대해서만 얘기한 건 아니다. 그보다 문학에 대해 더 많이 얘기했다. 영혜는 모르는 작가가 없었다. 미국, 영국, 프랑스, 일본 작가들을 꿰고 있었다. 특히 미국 소설을 좋아해서 내게 커트 보니것이나 레이먼드 챈들러를 권했다. 나는 영혜에게 윌리엄 트레버, 도리스 레싱, 줄리언 반스 같은 유럽 작가의 책을 권했다. 우리는 서로의 말에 반했다. 영혜와 이야기하는 순간에는 내가 마치 작가가 된 것 같았다. 우리가 세상에서 가장 중요한 이야기를 나누는 사람들이라고 생각했다. 생활에 찌들어 있다가도 영혜의 작업실에 가는 날에는 내 눈에서 빛이 나는 것을 느꼈다. 영혜는 나를 선명한 존재로 느끼게 했다. 우리는 대체로 이른 점심에 만나 늦은 저녁에 헤어졌다. 중간에 영혜가 피곤해하면, 복도를 지나 영혜의 침실로 이동했다. 둘이 나란히 누워 낮잠을 자기도 했다.

— 여름아, 다자이 오사무 있잖아. 태어나서 미안합니다, 세상에 존재해서 미안합니다, 하다 떠난 사람. 난 다자이 오사무 생각을 하면 눈물이 나더라.

— 왜 눈물이 나?

— 그냥. 부끄러움을 아는 사람이었잖아. 자기가 세상에 얼마나 폐를 끼치는지 아는 사람.

— 다자이 오사무가 뭘 그렇게 또 세상에 폐를 끼쳤냐? 그건 아니지.

— 그렇게 생각해?

— 그럼. 그냥 사람들에게 돈을 빌려달라는 편지를 좀 많이 쓰긴 했어도!

우리는 웃었다. 돈을 빌려달라는 얘기가 세상에서 가장 웃긴 얘기라도 되는 듯.

우리는 한 시간 정도 자고 일어나 영혜 어머니가 하는 1층 가게로 내려갔다. 영혜 어머니는 우리에게 해물우동이나 김치볶음밥을 해주었다. 그녀는 내 손을 꼭 잡았다. 나를 만난 후 영혜가 몰라보게 의욕적으로 생활한다며 기쁘다고 했다.

— 쟤는 어릴 때부터 늘 아팠어. 나는 우리 영혜를 30년 넘게 끼고 살았다. 여기에.

윗가슴을 두드리며 영혜 어머니가 말했다. 내가 집으로 돌아가면, 영혜는 마른 북어를 손질하는 어머니 옆에 앉아 한 시간이고 두 시간이고 내 얘기를 한다고 했다. 내가 좋다고, 내가 떠날까 봐 두렵다고. 엄마. 그 애는 겉과 속이 같아. 나보다 어리지만 어른이야. 그 애는 누구보다 열심히 살아. 나는 그 애가 있어서 정말 좋아. 그런 이야기들. 이 이야기는 영혜 어머니가 전화를 걸어 내게 들려준 얘기다. 자기 혼자 들었던 크고 무거운 짐을 같이 나누자고, 이제 나도 이 이야기의 주인공이 되어야 한다고 내 손을 잡아끄는 사람처럼 보였다. 영혜 모르게, 영혜 어머니는 내게 자주 전화를 했다. 오늘 영혜가 대학원에서 안 좋은 일이 있었다더라, 오늘 영혜가 많이 아픈지 아침부터 소리를 지르고 짜증을 냈다. 전화로 말했다. 영혜와 내가 붙어 다니던 5년 동안 자주 그랬다. 나는 전화선을 끊고 도망가고 싶었다. 내 눈으로 보는 영혜만 알고 싶었다. 영혜 어머니의 눈과 귀로 겪는 영혜까지는 알고 싶지 않았다. 내 삶만으로 충분했다. 내 삶도 영혜만큼 충분히 길고, 충분히 무거운 그림자를 드리우고 있었다.

*

기록적인 폭염이라 불리던 어느 여름, 영혜와 여행을 가기로 했다. 영혜 어머니가 권해서 가는 여행으로, 모든 경비를 그녀가 지불했다. 너네는 추억만 만들어 와. 그거면 돼. 영혜 어머니는 말했다.

우리는 목포에서 배로 한 시간을 들어가야 나오는 '우이도'란 섬에 가기로 했다. 사람이 많지 않고 여름을 보내기에 좋은 곳이었다. 영혜가 언제 어떻게 아플지 모르지만 네가 있어 안심이구나, 영혜 어머니가 말했다.

서울역에 도착하니 캐리어 두 개를 양옆에 세우고, 배낭까지 메고 있는 영혜와 영혜 어머니가 보였다.

—언니! 그 짐을 다 들고 가려고?

배낭 하나만 달랑 메고 온 내가 물었다. 2박 3일로 가는 국내 여행치곤 과한 짐이었다.

—누가 아니라니, 여름아. 모쪼록 네가 언니 데리고 잘 좀 다녀와라.

—엄마 이제 좀 가. 내가 애도 아니고, 왜 여기까지 따라와서 그래.

영혜 어머니는 영혜가 갑자기 아플 경우 어떻게 해야 하는지, 내게 몇 번이고 당부했다.

기차를 탔다. 영혜 어머니와 헤어진 것만으로도 홀가분했다. 일어나지 않은 불행을 데리고 다니기엔 우린 젊었다. 처음에는 좀 설렜던 것 같다. 문제는 서울에서 알던 영혜와 여행을 하며 알게 된 영혜가 달랐다는 점이다.

영혜는 기차에서 떠드는 아이를 못 견뎌했다. 두통약을 찾아서 먹고, 아이 엄마를 노려보다가 결국 일어섰다. 그쪽으로 가서 아이가 크게 떠들지 못하게 해달라고 요청했다. 목포역에 내리자마자 영혜가 나를 데리고 간 곳은 옷 가게였다. 영혜는 가게에서 가장 예쁜 옷을 사 입자고 했다. 나는 영혜가 가져온 캐리어 중 하나를 끌고, 무거운 배낭까지 메고 있었기에 내키지 않았지만 따라갔다. 영혜는 그곳에서 옷을 열 번쯤 갈아입더니 원피스를 하나 사겠다고 했다. 그때였다. 돈을 계산하려고 영혜가 잠깐 기대 앉아 있던 작은 테이블이 기우뚱했다. 영혜가 바닥에 나동그라졌다. 영혜는 비명을 질렀다. 직원이 다가가 일으켜 주려 하자 만지지 말라며 소리를 질렀다. 몸을 웅크린 채 흐느끼듯 앓는 소리를 냈다.

—너무 아파. 아 씨발. 아프다고.

—죄송해요. 친구가 몸이 안 좋아요. 지금 통증이 있을 거예요. 죄송합니다.

나는 직원에게 사과하고, 영혜에게 다가갔다. 영혜는 넘어진 그대로 족히 5분은 웅크리고 있었다. 갑자기 들이닥친 통증이 가라앉자 영혜는 옷값을 계산하고 직원에게 사과했다. 나도 직원도 얼이 빠져 있었다.

—미안해. 놀랐지?

영혜의 고통스러워하는 모습, 통증 때문에 앞에 있는 사람에게 무례하게 소리치는 모습을 처음 봤기에 놀란 건 사실이었다.

배를 타고 한 시간을 이동하는 동안 우리는 바닥에 앉아 파도를 바라보았다. 지나가던 남자가 중심을 못 잡고 잠깐 우리 쪽으로 휘청했을 때, 영혜가 별안간 욕을 했다. 조심하라고 소리쳤다. 싸움이 일어날 것 같아서 나는 남자를 붙잡고 사정했다. 죄송하다고. 친구가 지금 통증이 너무 심해서 그렇다고 말했다. 싸움을 막을 수만 있다면 무슨 말이라도 더 했을 것이다. 미안하다고. 지금 우리는 무서워서 그렇다고. 공포가 우리를 삼키는 중이라고…….

영혜의 캐리어에는 열 권이 넘는 책과 수십 가지 화장품과 옷들, 열흘은 버틸 수 있을 비상식량과 상비약 따위로 가득했다. 영혜는 이것들을 다 꺼내 민박집 방바닥에 늘어놓았다.

— 언니, 필요한 것만 꺼내는 게 어때? 정신없잖아.

— 필요할 때 내 눈앞에 있어야 마음이 편해. 너도 짐 정리해. 응?

영혜에게 짐 정리는 일렬로 모든 짐을 꺼내놓는 거였다. 나는 그러고 싶지 않았다. 우리는 모든 게 어긋났다. 짐 정리부터 하고 싶은 것, 먹고 싶은 것, 좋아하는 장소까지 달랐다. 영혜는 섬 그늘에 앉아 바다를 보고 싶어 했다. 하지만 나는 그곳에서 기함했다. 젖은 바위 사이로 바퀴벌레와 비슷하게 생긴 갯강구가 떼를 지어 뛰어다니고 있었다.

—언니, 저게 뭐야?

—뭐?

—저거! 바퀴벌레 같은 거, 아니 더 끔찍한데! 악!

나는 바위에서 멀어지며 비명을 질렀다. 바퀴벌레 포비아가 있는 내게 갯강구는 그야말로 업그레이드된 '무적 바퀴벌레'처럼 보였다. 떼 지어 몰려다니고 사람을 피하지 않고, 높은 곳에서 아래를 향해 뛰어내려도 죽지 않았다. 영혜는 그것들 사이에서 태어난 사람처럼, 웃고 있었다. 웃으며 내게 이리로 오라고, 여기 앉아보라고 손짓했다. 나는 젖은 바위와 영혜와 갯강구가 만들어내는 어둑한 풍경에 기가 질려 뒷걸음질 쳤다.

여행 내내 나는 갯강구 때문에, 영혜는 모기 때문에 괴로워했다. 내가 그놈의 갯강구 때문에 그늘지고 축축한 곳을 피해 다녔으므로 우리는 거의 따로 다녔다. 영혜는 갯강구가 있는 바위에 앉아 바다를 바라보며 독서를 했고, 나는 백사장에서 뙤약볕을 맞으며 책을 읽거나 졸았다. 갯강구는 해가 내리쬐는 마른 곳, 뜨거운 모래밭에는 없었다. 나는 가능하면 백사장에서 2박 3일 동안 지내고 싶었다. 모래에서 자고, 모래에서 먹고 싶었다. 영혜는 이따금 내 곁으로 왔지만 너무 뜨겁다며 곧 일어나서 가버렸다.

여행에서 좋은 기억이 있었던가? 모르겠다. 있었을 텐데 기억나지 않는다.

마지막 날 저녁, 나는 기념으로 시를 한 편씩 써서 나눠 갖자고 제안했다. 영혜는 처음에는 내키지 않아 했지만 이내 공책을 펴고 무언가 쓰기 시작했다. 내가 왜 그런 간지러운 제안을 했을까? 아마도 뭔가 좋은 기억을 가져가고 싶은 욕심이었을 것이다. 영혜에게 시를 받고 싶었던 것 같다. 문제는 영혜의 시가 초등학생이 백일장에 나가 쓴 것처럼 형편없었다는 것이다. 영혜의 시를 읽다 나도 모르게 얼굴이 빨개졌다. 영혜의 시에는 이를테면 팔각이 없었다. 향기도, 냄새도 없었다. 나는 허둥대고 있었다. 표정 관리가 되지 않았다.

— 별로지?

— 아니야.

— 미안해, 여름아. 나 시 잘 못 써.

— 무슨 소리야. 내가 더 못 쓰는데 뭘.

나는 영혜의 시를 반으로 접어 배낭 깊숙이 넣었다. 영혜는 내 얼굴을 빤히 바라보다 돌아서서 짐을 정리했다.

서울로 돌아오는 밤 기차에서 둘 다 말이 없었다. 눈을 감은 채 딴생각에 빠져 있는데 영혜가 화장실에 다녀오겠다고 했다. 10분이 지나도록 영혜는 오지 않았다. 나는 불안한 마음을 누르며 창밖을 봤다. 검은 나무들이 창밖에서 휙휙 지나가는 것을 구경했다. 그때 모르는 번호로 전화가 걸려 왔다.

— 여름아, 놀라지 마. 이거 다른 사람 전화로 한 거야. 나 기차를 못 탔어.

방금 전까지 나와 기차를 타고 있던 영혜가 기차를 못 탔다니, 무슨 이야기인가. 영혜는 아이처럼 훌쩍이며 말했다.

— 기차가 역에 잠깐 멈췄을 때 담배를 피우러 나갔어. 미안해. 기차가 이렇게 빨리 떠날 줄 몰랐어.

기차가 이렇게 빨리 떠날 줄 몰랐다니? 도대체 언니는 몇 살이냐고, 제정신이냐고, 어떻게 잠깐을 못 참냐고, 언니는 도대체 참을 수 있는 게 뭐냐고 화를 내고 싶었다. 하지만 나는 입을 다물었다. 울지 말고, 전화를 끊고 역무원을 찾아 상황을 설명하라고 말했다. 영혜는 이미 말했다며, 다음 기차로 바로 따라가겠다고 했다. 나는 영혜의 짐까지 챙겨 서울역에서 기다리겠다고 했다. 마음 같아서는 영혜의 짐을 다 버리고 싶었다.

전화를 끊고, 옆자리를 바라보면서도 믿을 수 없었다. 도대체 영혜는 기차에서 왜 내린 걸까. 기차는 앞으로 가는 중인데, 잠깐 정차해서 문이 열리고 사람들이 오르내리고 다시 닫힐 뿐인데, 담배를 피우는 사이에 곧 기차가 출발해 눈앞에서 사라질 수 있다는 것을 영혜는 왜 모르는 걸까. 정말 몰랐을까. 나는 아이처럼 우는 영혜에게, 제멋대로 웅크리고 빠져나가고 놀라고 사라져 버리는 영혜에게 화가 났다. 지나가던 여자가 내 옆자리를 가리키며 앉아도 되는지 물었다.

—사람 있어요.

내 목소리는 생각보다 쌀쌀맞게 나왔다.

영혜는 오고 있었다. 내 뒤에서, 속수무책으로 울면서, 모르는 사람에게 기차가 떠났다고 하소연하면서, 오고 있었다. 그러나 나는 기다리지 않았다. 그랬던 것 같다. 눈 사이로 무거운 쇠뭉치가 가라앉는 것처럼 머리가 아팠다.

—여름아, 나는 그런 게 좋더라. 너무 단단하지도 너무 푹신하지도 않은 침대에 누워서 아주아주 두꺼운 소설을 읽다가 잠드는 삶. 내 손으로 견딜 수 있는 무게는 딱 두꺼운 소설책만큼인 것 같아. 나는 버러지야. 뭘 해야 할지 모르겠어.

언젠가 영혜가 이렇게 말했을 때, 언니는 생각하는 게 직업이라고, 그건 귀한 거라고 얘기한 적이 있었다. 두꺼운 소설을 읽고 두꺼운 삶을 생각하는 것, 그게 왜 나빠? 이렇게 말한 적이 있었다.

혼자 돌아오는 기차에서 나는 그때 우리가 나누었던 대화들, 가벼운 한숨과 서로에 대한 깊은 애정을 생각했다. 그런 건 아무 때고 이유도 없이 휘발된다. 가까이에서 서로의 삶을 보살피는 사이, 관계가 붉게 엉키는 순간부터 사라진다. 저녁이 되어 빛이 사라지듯이.

*

— 영혜 언니와 왜 멀어졌어?

성희가 물었을 때 대답하지 못했다. 기차 때문에. 밤 기차 때문에. 갯강구 때문에. 두꺼운 소설책 때문에. 애정 때문에. 삶을 흔들어놓는 여러 가지 고통 때문에. 이렇게 말할 수는 없었다.

영혜와 나 사이에 큰불이 일고, 타버리고, 재만 남았을 때. 재 위에서 다시 할 수 있는 일이 뭐가 있을까 생각했다. 내 선택은 달아나는 거였다. 그해 여름, 축축한 섬에서 기어다니고 낙하하는 갯강구 떼 사이에 앉아, 한 손으로는 치마의 주름을 쥐고 다른 한 손으로는 "여름아, 이쪽에 앉아봐. 응?" 나를 부르던 영혜의 무구한 얼굴을 마주한 채 내가 달아난 것처럼. 나는 얼굴을 마주한 채로 달아날 수 있는 사람이다. 그렇게 어둡다.

그 여름, 나는 한 번도 영혜 곁에 앉지 않았다. 앉았어도 앉지 않았다. 그건 나만의 공포, 나만의 두려움, 나만의 전시戰時 상황이었다.

영혜 어머니는 그 뒤로도 전화를 했다. 1년에 한 번, 혹은 2년에 한 번. 10년이 지난 얼마 전에도 전화가 왔다. 나는 받거나 받지 않는다.

그러나 어느 겨울, 카페 앞을 지나다 누군가 유리창에 이렇게 써 붙인 글을 마주하면 울고 싶어지는 건 사실이다.

'따뜻한 뱅쇼 팔아요. 직접 끓였습니다.'

이제 내 주머니에는 어떤 별도 들어 있지 않겠구나. 타인은 아름다워, 이렇게 말하던 시간도 결국 졸아든다. 꼭짓점이 여덟 개, 혹은 여섯 개인 사람이 만나 마음을 뜨겁게 끓이고, 휘젓는 순간. 가장 중요한 게 휘발되듯이.

눈송이처럼 떠도는 마음 부르기

Ingredients

- ㅁ 노라 존스, 〈December〉
- ㅁ 뱅쇼, 또는 와인 한 잔
- ㅁ 스웨터
- ㅁ 혼자 머물 수 있는 장소

How to cook

파주로 이사한 뒤 겨울이 좋아졌다. 전에는 겨울을 피하고 싶었다. 겨우내 죽은 듯 자다 경칩 무렵 개구리와 함께 깨어나고 싶었다. 추운 날 외출할 때면 우주인처럼 우주복을 입고 싶었다. 얼굴에 둥그런 헬멧을 쓰고 겨울로부터 숨고 싶었다. 이제는 아니다.

이따금 무릎까지 쌓이는 파주의 눈을 겪으며 알았다. 겨울은 아름답다. 지난 크리스마스엔 눈 내리는 대관령에 있었다. 그때 다시, 알았다. 꽝꽝 얼어버리는 것들은 무결하다. 고요하다.

당신이 지금 한겨울을 지나고 있다면, 눈송이처럼 떠도는 마음을 어쩌지 못해 서성이고 있다면 이렇게 해보시라.

창밖을 바라볼 수 있는 적당한 곳에 혼자 앉는다. 노라 존스의 〈December〉를 반복 재생한다. 가볍고 따뜻한 스웨터를 입고 뱅쇼, 혹은 와인 한 잔을 천천히 마신다. 비석처럼 선 겨울나무를 바라본다. 먼 곳으로 떠난 사람 몇을 생각한다. 내 잘못으로 멀어진 사람 몇을 생각한다. 내가 떠나왔지만 이따금 그리워하는 시공간을 생각한다. 보고 싶지만 더 이상 볼 수 없는 존재를 생각한다. 음악이 커다란 담요처럼 주위에 내려앉는 것을 느낀다. 적극적으로 음악에 기댄다. 눈이 펑펑 내리는 날이라면 더 좋다. 혼자인 나, 지구 위의 티끌. 티끌의 티끌, 그 티끌의 티끌보다 더 작은 내 정수리를 생각한다. 기다린다. 기다린다. 당신 곁에 도착하는 것들을.

한 해의 끝과 시작에 겨울이 있다. 당신은 겨울과 겨울, '사이'에 산다. 벽으로 다가서는 기분과 벽을 짚고 돌아서는 기분, 당신이 어떤 기분을 사랑하는지 궁금하다.

TIP 작가의 다른 책 더 읽어보기

박연준

지은 책으로 소설 《여름과 루비》, 시 《속눈썹이 지르는 비명》 《아버지는 나를 처제, 하고 불렀다》 《베누스 푸디카》 《밤, 비, 뱀》, 동화 《정말인데 모른대요》, 산문집 《소란》 《밤은 길고, 괴롭습니다》 《인생은 이상하게 흐른다》 《모월모일》 《쓰는 기분》 《고요한 포옹》 등이 있다.

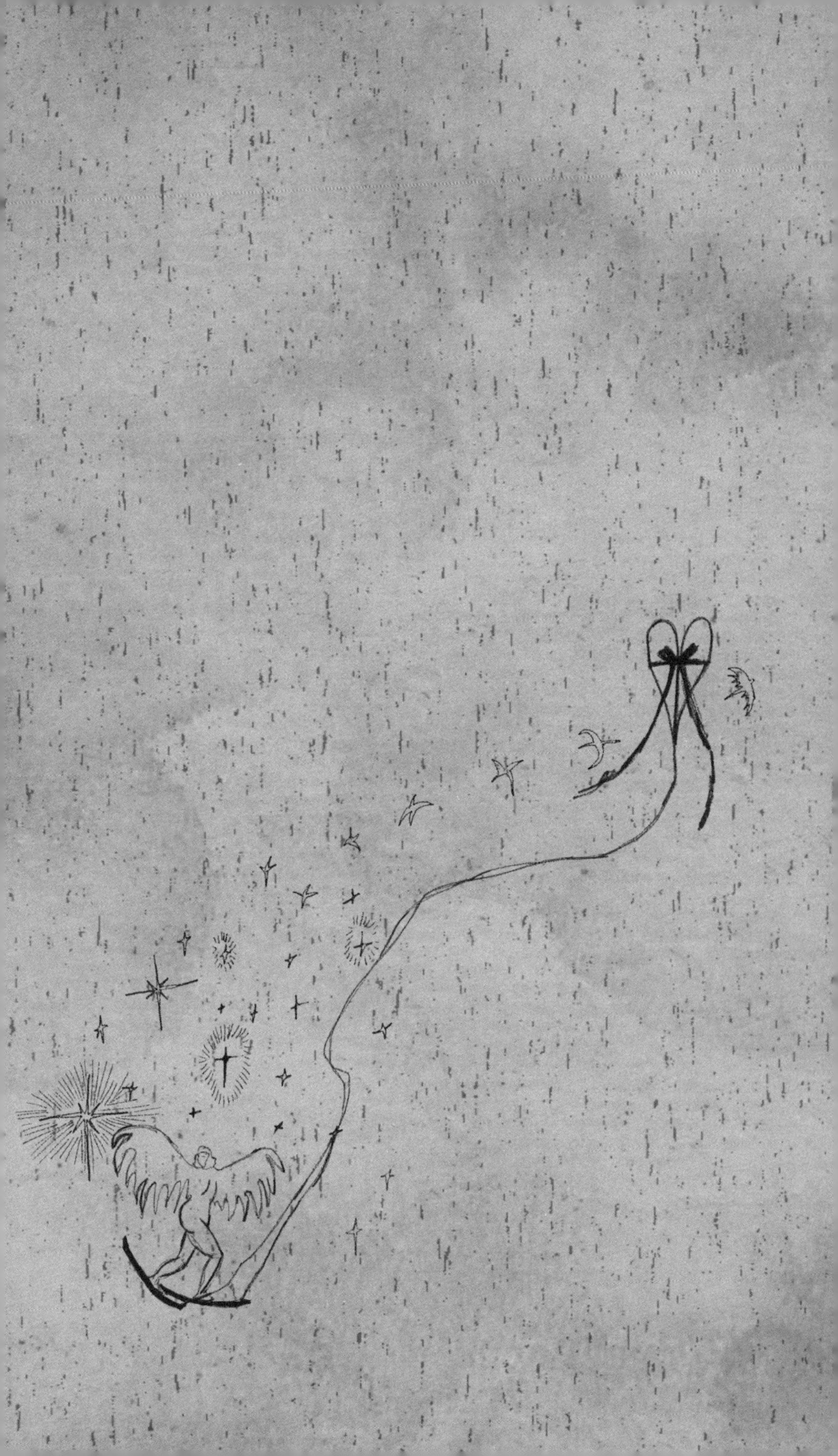

귤락 혹은 귤실

김성중

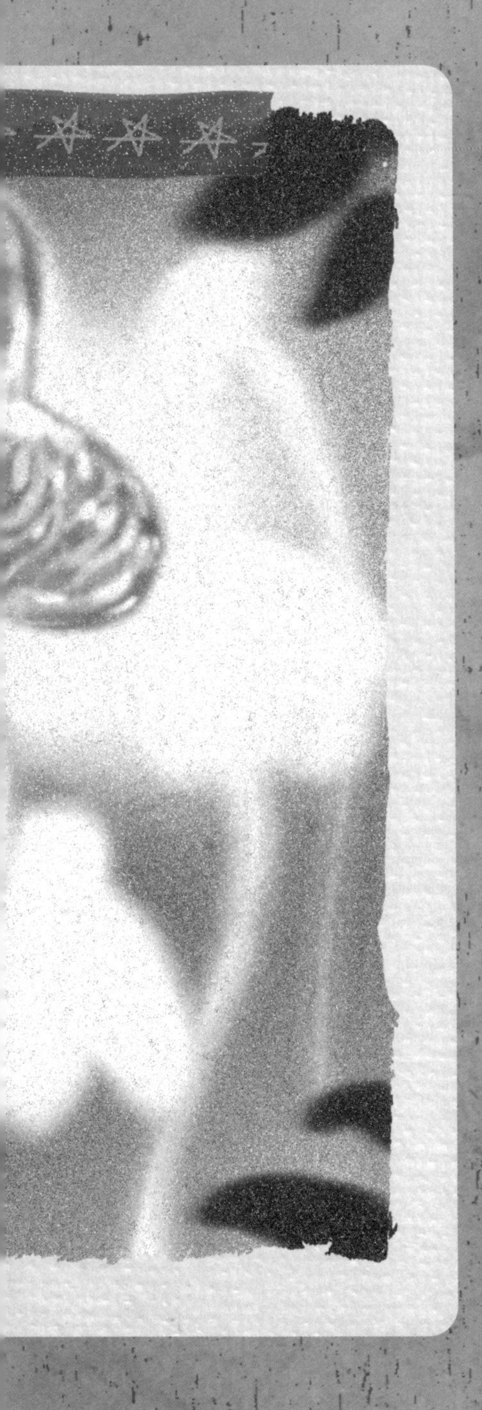

그 카페는 긴 문장의 한가운데 놓인 쉼표와 같았다.

조양동 숙소에서 나와 속초 해수욕장에 도착하기까지는 정확히 20분. 나는 집을 나서 바다를 따라 외옹치항으로 나 있는 둘레길을 걸었다. 젖은 바위에서는 해초들이 말라가며 풍기는 비린내가 진동했고, 리조트에서 내려와 산책을 하는 관광객이 이따금 맞은편에서 걸어오고 있었다. 바다가 아니라 타인의 얼굴을 감상하기 위해서 나온 길이었으므로 선글라스 너머로 그들을 관찰했다. 그것은 하루를 시작하는 작은 즐거움이고 나만의 우표 수집 같은 것이다. 어린아이가 해변의 조개를 모으는 것과 비슷하다. 손에 쥐고 있다가 이내 잊어버리는 휘발성이 강한 애착. 그렇게 금방 사라질 인상에만 마음을 줄 수 있는 황폐한 상태였기 때문에 떠나왔으므로.

도시에서는 '사람들 속에 있으면서도 나 자신으로 온전하게 밀봉될 수 있는 작은 전망대'를 찾기가 쉽지 않다. 그렇게 모은 얼굴이래 봤자 비슷하게 피로한 인상이기 쉽다. 그런데 바닷가에서 마주친 이들에게는 휴가지의 표정, 어딘가 들뜨거나 풀어진 감정이 깃들어 있다. 파도가 칠 때마다 바다에서는 두꺼운 책이 한 장씩 넘어가는 듯한 소리가 들려오고 맞은편에서는 연인 혹은 가족끼리 산책하는 사람들이 걸어온다. 이 일시적인 순간이 좋아 새벽 미사에 다녀오듯 아침마다 나만의 성당으로, 바닷길로 산책을 나가는 것이다.

기분 좋게 묵직해진 다리를 끌고 돌아가는 도중 사거리 모퉁이에 새로 연 에스프레소 바를 발견했다. 돈 좀 있는 주인이군. 안으로 들어가 스피커에서 나오는 질 좋은 음악을 깊숙이 들이마시며 나는 만족스럽게, 동시에 비꼬듯이 중얼거렸다. 모름지기 카페란 돈 많은 주인이 영리를 생각하지 않고 취향을 담아 만든 곳일수록 모양새가 갖춰지는 법이다. 여기만 해도 작은 공간에 저 비싼 스피커가 음악을 꽉 채우고 있지 않은가. 옆에 놓인 알보 몬스테라는 크기로 보아 몇십만 원은 나갈 것이다. 그 외 조명이나 사물 일체에서 부티가 난다기보다 취향이 드러났고 모나거나 튀는 데 없이 적절했다.

이 공간의 대부분은 반원으로 된 바를 둘러싼 등받이가 없는 높은 의자들로 채워져 있다. 두 개의 테이블 중 책상이 될 만한 것은 하나뿐이라 그 자리에 앉았다. 크림을 넣지 않은 에스프레소를 주문했더니 주인이 동전만 한 쿠키를 곁들여 내왔다. 커피 맛은 좋았다. 나는 기지개를 켜고 가방에서 책과 노트를 꺼냈다. 그러고는 교차로에 시선을 돌렸다.

두 면이 통창으로 된 카페는 어항 같았다. 8차선 도로가 정면에 있어 길 건너의 사람이 신호가 바뀌기를 기다렸다가, 천천히 건널목을 건너와 가게 옆을 빙 돌아서 해변으로 향하는 모습을 지켜볼 수 있다. 이것이야말로 내가 바라던 완벽한 전망대가 아닐 수 없다. 횡단보도를 건너는 사람들을 보고 있으니 숨어 있으면서 동시에 어떤 복판에 있는 느낌이 들었다. 유리 너머로 보기 때문인지 거리의 사람들은 모두 스크린 속 배우들 같았다.

한참 후에야 가져온 책을 펼쳤다. 책을 펼쳐 조금 읽고, 밑줄 그은 문장을 노트에 옮겨 적다가 내가 필기를 좋아하는 이유에 대해 새삼 깨달았다. 독서를 할 때 문장에 줄을 치는 것은 책 속에서 찰칵찰칵 사진을 찍는 것 같다. 그러다 그 문장을 내 노트에 내 글씨체로 옮겨 적으면 필름을 인화하는 것 같은 기분이 드는 것이다. 이따금 화살표로 표시해 놓고 내 생각을 덧붙이기도 하는데 책의 내용과 상관없이 지금 쓰고 있는 글에 대한 아이디어일 때도 있고, 잊고 있던 기억이 떠오른 것일 때도 있다. 메모까지 추출했다면 그 책은 살점을 다 떼어내 먹고 뼛국까지 우려 마신 살뜰한 독서가 되는 것이다.

나는 즉시 이 카페의 단골이 되었다. 드나든 지 한 달쯤 지났을 때 다음 문장에 밑줄을 쳤다.

'나는 결코를 좋아한다. 그 반대인 언제나도 좋다. 결코와 언제나 사이에서 이들을 매우 간접적이면서도 내밀하게 이어 주는 것은 무엇일까?'*

"그런데요."

밑줄 그은 부분을 옮겨 적고 있는데 누군가 불쑥 말을 걸어와 마법이 깨졌다. 방금 전까지 행복한 유령 상태였기에 허우적거리며 자아라는 후드티를 얼른 걸쳐 입었다. 나보다 대여섯은 어려 보이는 애송이다. '그런데요'란 대화 중에 화제를 전환하는 말이 아닌가? 당신과 난 대화를 나눈 적이 없는데 이 접속사에 존칭을 붙이는 이유가 뭔가?

"동아서점에 가보셨어요?"

이제부터 '그런데요'라고 불릴 이 청년의 입에서 내 단골 서점이 나오자 두 번째로 놀랐다. 교동에 있는 동아서점은 속초

---

* 클라리시 리스펙토르, 《아구아 비바》, 민승남 옮김(암실문고, 2023년), 56쪽.

의 크고 작은 책방 가운데 내가 가장 좋아하는 곳으로, 지금 보는 책 또한 그곳에서 사 온 것이다.

"동아서점 주인이 쓴 책을 읽었는데 그런 에피소드가 나오더라고요. 책방 주인이 손님이 있는 줄도 모르고 가게 문을 잠그고 나간 적이 있대요. 그래서 한동안 손님이 갇혀 있었다고요. 그 부분을 읽다가 갑자기 잊고 있던 기억이 떠올랐어요. 저도 중학생 때 만화방에 갇힌 적이 있어요."

나는 대꾸도 외면도 하지 않은 채 어정쩡하게 커피를 마셨다. 묻지도 않는 말을 줄줄이 늘어놓는 사람은 무섭다. 반쯤 미치거나 세상과 제대로 접속하는지 의심스럽기 때문이다. 카페 사장이 나의 고충을 눈치챘는지 바 안쪽에서 대신 대꾸를 해준다.

"그래서 어떻게 됐어요?"

나중에 알게 된 사실이지만 '언제나' 저런 식으로 다정하다. 모자라면 채워주고 넘치면 덜어낸다. 모든 사람에게 적절하게 대하느라 자기 사람을 외롭게 만드는 나쁜 남자. 생활에는 영 서툴고 물려받은 재산만 녹여 먹으며 천하태평인 사나이. 난파선에서 건진 잔해로 간신히 꾸린 최후의 생존 수단이 이 가게라는 얘기는 크리스마스이브에 귤 까먹으면서 듣게 될 것이다. 이건 뒤에 나올 이야기이고 여하튼,

"학원 빼먹고 만화를 보다가 소파에서 깜박 잠이 들었는데

눈을 떠보니 가게 문은 닫혀 있고 불도 꺼진 거예요. 급한 일이 생긴 주인이 일찍 가게 문을 닫았는데 저를 보지 못하고 셔터를 내린 거죠."

나에게는 결코 일어날 리 없는 유형의 사건이다. 아무래도 이 이야기 속에서 내 이름은 '결코'가 될 것 같다.

"빽빽하게 만화책이 꽂힌 책장 사이에 혼자 있으니까 숲 한복판에서 길을 잃은 기분이 들었어요. 다행히 불도 켜지고, 어둡지는 않으니까 우선 안심인데, 남의 가게에서 밤새도록 불을 켜놔도 되는가 싶더라고요. 정수기에서 뜨거운 물도 나오고 컵라면이나 음료수도 있고 무엇보다 화장실도 안에 있으니 당장 큰 문제는 없는 것 같았어요. 밤새도록 갇혀 있더라도 필요한 건 다 있으니까. 만약 조난을 당해 구조되기만을 기다려야 하는 상황이라면 최고의 장소는 여기가 아닐까 싶고."

'언제나'는 고개를 끄덕였다.

"일단 컵라면을 꺼내 물을 부어 먹었어요. 배가 부르니까 겁이 없어지고 이 기회에 만화책이나 실컷 봐두자 싶더라고요. 여기 있는 만화책이 오늘 밤엔 전부 내 소유가 된 것 같고요. 한참 판타지물에 빠져 있던 참이라 읽고 싶던 책들을 모조리 꺼내 보면서 밤새울 각오를 했는데……."

그는 반응을 기다리는 사람처럼 내 쪽을 쳐다봤지만 '결코' 응대하지 않을 작정이었다.

"얼마 후에 주인이 오더라고요. 가게에 불이 켜져 있어서 들어와 본 거래요. 미안하다는 소리도 없이 컵라면값 안 받을 테니까 얼른 집에 가라고 하대요. 꾸벅 인사하고 나왔죠.

집에 가도 아무 일 없었어요. 얼추 학원 끝난 시간에 맞춰 간 셈이니까. 엄마가 저녁 먹으라고 하는데 속이 안 좋아서 먹지 않겠다고 했더니 그걸로 땡, 만화방에서 외박할 각오를 한 것 치곤 참 시시하게 수습되어 버린 거죠."

'그런데요'의 이야기는 묘하게 나를 건드렸지만 그날은 더 이상 작업을 하지 않고 철수했다. 어쩐지 나의 영역이 침범당한 기분이 들었는데 아니나 다를까, 며칠 후에 또다시 그와 마주쳤다. 그때도 실내에는 우리 셋밖에 없었는데 한동안 예의상 침묵을 지켜주더니 "그런데요"로 입을 떼며 느릿한 말 걸기를 시작했다. 가벼운 부표 같은 '그런데요'의 목소리는 침묵을 자기만의 무기로 부수는 힘이 있다. 그는 몽상에 사로잡혀 있다가 '지금 막 떠오른 생각'을 불쑥 말하거나 질문하곤 했다.

"그런데요."

한결같이 시작되는 서두.

"저 가게가 원래 저기 있었나요?"

'그런데요'가 가리키는 곳은 건너편 젤라토 가게다. 추운 날씨에도 이 지역 명물로 소문난 아이스크림을 먹기 위해서 가게 앞에는 서성거리는 사람들이 꽤 있다. '언제나'는 부러운 듯 쳐다보며 질문에 친절하게 대답해 준다. 꽤나 긴말인데 요약하자면 이렇다.

저 아이스크림 가게는 예전에 '단천면옥' 앞에 있었다. 청호동 아바이마을에 있는 '단천식당' 말고 청대리에 냉면만 전문으로 하는 '단천면옥' 옆에 위치한 두 평 남짓한 작은 가게였다. 그 가게가 속초 해수욕장 쪽으로 이전해 빅 히트를 친 것이다. 청대리에 있던 '단천면옥'은 현재 청초호 옆으로 옮겨갔는데 그쪽도 장사가 잘된다. 깔끔한 인테리어에 테이블마다 키오스크가 설치된 현대식 식당으로, 수저가 든 종이봉투에는 '이북음식전문점'이라고 인쇄되어 있다.

"가게들이 제 손님을 몰고 이사를 다니는 건 참 신기하죠."

라디오 듣는 것처럼 귀를 기울이던 나도 속으로 고개를 끄덕인다. 아이스크림 가게는 해변으로, 냉면 가게는 청초호로 흩어졌지만 그들 사이에는 바다가 있다. 바다가 큰 고래와 같고 가게들은 고래에 붙은 따개비처럼 여겨졌다. 잠깐 흩어진 따개비들이 여전히 고래의 이쪽저쪽에 붙어 있는 형국이랄까.

'언제나'가 들려주는 이야기는 이름난 속초 냉면집의 유래로 이어졌다.

"원래 속초의 이름 있는 냉면집은 '이조면옥' 하나이고, 나머지는 동네 식당이죠. 동네 식당이라고 해도 집집마다 직접 면을 뽑기 때문에 다 달라요. '온달면옥'은 '온달면옥'대로, '낙천회관'은 '낙천회관'대로, '미리내면옥'은 '미리내면옥'대로, 장사동에 있는 '능라도'도 괜찮고 '한양면옥'도 좋고……. 아무튼 속초 냉면은 가게마다 다르게 맛있는 것 같아요. 서울에 살 때 아내와 속초에 자주 왔는데 그때마다 매번 다른 냉면집을 방문했거든요. 찬 육수를 부어 비냉도 물냉도 아니게 자작자작하게 만들어서 명태회랑 섞어 먹는 맛이 너무 중독적이라서요.

제가 듣기로 '단천면옥'은 창업자 아들 중 하나가 물려받았는데, 부영아파트 근처에 분점을 냈다가 잘돼서 서울로 이전해 나갔대요. 그런데 돈이 너무 잘 벌리니까 도박으로 빠진 거예요. 전 재산 날리고 고향으로 돌아온 것 같다고 하더라고요. 이 얘기가 확실한 건 아녜요. 비슷한 얘기를 '낙천회관'에서도 들은 것 같거든요. 부모님 세대가 억척스럽게 손맛으로 일군 식당을 그다음 세대가 물려받아 서울 가서 크게 성공하고, 그러다가 말아먹고 낙향하여 가게를 이어가지만 전만 못하더라는 얘기가 이 동네 냉면 가게의 흔한 서사인가 싶더군요."

'언제나'가 저렇게 청산유수던가. 나는 말의 길이에 감탄하고 '서사'라는 표현에 감동받았다. 이곳에 손님으로 드나든 지 한 달이 넘어도 그와 나눈 이야기를 합쳐봐야 지금 오가는 말의 10분의 1이나 될까 싶다. '언제나'는 나처럼 과묵한 사람인 줄만 알았는데 카페 사장답게 손님에 따라 화술을 조정하는 모양이다.

실내에 새 손님이 들어왔다. 선글라스를 끼고 멋진 가슴의 융기를 얇은 니트로만 가린 키가 후리후리한 여자다. 젊은 여자의 아우라는 엄청나서 우리는 왠지 조용해졌다. 그녀는 스마트폰을 잠깐 들여다본 다음에 텀블러를 내밀고 커피를 담아 갔다. 그러자 실내의 압력이 빠져나가며 다시 느슨한 분위기가 흘렀다.

에스프레소는 한국 사람들이 즐기기에는 너무 작고 쓴 탓인지 파격적인 가격에도 그다지 잘 팔리지 않았다. 그나마 오전에는 아메리카노를 사 가는 손님이 좀 드나들고, 오후에는 김빠진 권태감이 흘렀으며 그때 스며드는 고정 멤버가 '결코'와 '그런데요'인 것이다. 어느덧 우리는 스피커와 몬스테라와 마찬가지로 카페의 정물이 되어가고 있었다. '그런데요'는 커피에 설탕을 많이 넣어 달게 마시고 물과 휴지를 많이 사용한다. 반면에 나는 설탕을 넣지 않고 크림도 그다지 즐기지 않는다. 대화도 즐기지 않는 척을 해보았지만 결국에는 암묵적인 청중이 되어 크리스마스 전날을 같이 보내기에 이르렀다. 왜 이렇게 됐냐고? 그러게 말이다.

크리스마스 조명이 켜지면 위기감이 몰려오는 사람이 나 하나뿐은 아닐 것이다. 이런 무시무시한 시기에는 가족도 연인도 없는 사람끼리 뭉쳐야지 별수 있나. 이 도시에서 제대로 말

섞어본 사람은 둘뿐인 데다 우리 모두 '모래시계 인간'이기 때문이다.

'모래시계 인간'이란 간단하다. 흔히 영혼이 있는 장소를 마음이라고 부른다. 그 마음이 모래시계 모양으로 생겨먹어서 위쪽의 모래알이 다 빠져나가면 냉큼 아래위를 돌려놓아야 하는 부류가 바로 '모래시계 인간들'이다.

예를 들어 내가 왜 '결코'가 되었냐면…… '결코…… 하지 않겠어!'라는 결단을 내릴 때만 나는 나다워진다. 지금껏 대학을 두 번 그만두고 세 번 휴학했으며 일자리는 수없이 옮겨 다녔다. 그만두기 전문이랄까. 겨우 등단해 그동안의 게으름과 의지박약을 변명할 수 있게 되었으나 줄곧 글에만 헌신한 것은 아니다. 직장에 취업하자 안달복달 일에 매달렸고, 그러느라 글과 다시 멀어지기 시작했다. 위기의식이 닥치면 사표를 쓰고 어디론가 책상을 찾아 떠났다. 이렇듯 생활의 모래가 동나기 전까지 글을 쓰고, 통장이 비면 박차고 나가 돈을 버는 것으로 30대가 저물어가고 있다. 죽을 때까지 모래시계만 뒤집다 끝날 것 같은 게 나의 불안인데, 다르게 보자면 몸과 마음이 다 약하고 에너지가 적어 한 번에 한 가지 일만 할 수 있기에 그나마 등단이라도 한 것 같다.

'그런데요'는 독특한 모래시계를 가지고 있다. 아니 '생체

시계'라고 불러야 할까. 그는 가을을 견디지 못한다. 낮아진 기압 때문에 자율신경계가 몸살을 앓는 것이다. 두통, 우울, 급기야는 숨이 안 쉬어지는 불안발작까지 온다. 그러다가 추운 겨울이 되면 컨디션이 돌아오고 한 해가 새롭게 시작되는 느낌이 들곤 했다. '그런데요'에게는 겨울이 1년의 시작인 봄이고, 봄이 여름이고, 여름은 가을이고, 가을은 모든 것이 얼어붙는 겨울인 셈이다.

찬 바람이 불기 시작하면 '그런데요'는 연못이 얼어붙을까 봐 두려워 부지런히 헤엄치는 미운 오리 새끼처럼 조금이라도 햇볕을 더 쬐기 위해 움직이고 영양제를 챙겨 먹었다. 그래 봤자 번번이 그가 지고 가을이 이겼다. 끝내 침대에서 일어나지 못한 채 죽은 사람처럼 지내다 보면 인생에 대한 환상과 낙관을 잃어버렸기 때문에 살 이유가 없다는 생각이 자꾸 들었다. '계절성 우울'이라는 말로는 다 덮을 수 없을 만큼 거대한 비관이었다.

그런 그에게 친구가 단순한 아이디어를 냈다. "가을이 그렇게 힘들면 아예 여름인 나라로 떠나버리면 되잖아? 겨울 될 때 돌아오면 가을이 없어지는 셈이니까."

'그런데요'는 "돈이 어딨냐. 부자들이나 그렇게 사는 거지"라고 일축했지만 이러다 죽겠다 싶을 때 그 충고에 따랐다. 충동적으로 태국의 한 섬으로 떠나 겨울에야 돌아왔더니 그해를 무사히 넘길 수 있었던 것이다. 살아갈 용기를 한 방울도 남김 없이 짜내가던 가을은 꼬따오섬에 얼씬도 할 수 없었고, 그는 복수라도 하듯이 즐겁게 바다에서 첨벙거리며 지냈다. 그때부터 가을을 몰아내는 것, 감쪽같이 사라진 부분으로 만들어버리는 것이 '그런데요'의 목표가 되었다. '그런데요'는 지금 영어와 파도를 가르친다. 주중에는 영어 과외를 하고, 주말에는 백도 해변에서 서핑 레슨을 진행한다. "바다에서 빈둥거리다 서핑을 배우게 되었죠." 여름 나라에서 가을을 보내느라 배운 놀이를 써먹고 있으니 나쁘지 않은 결말인데, 이 아슬아슬한 균형은 젊을 때만 가능한 건지도 모른다는 불안을 품고 있다.

'언제나'의 모래시계는 아내의 가출과 귀환으로 이루어져 있다. 그는 '부자는 망해도 삼대가 간다'는 식으로 중년이 될 때까지 한량처럼 지냈다. 그래서 연체동물에 가까운 존재가 되어버렸다는 게 본인의 설명이다. 재산을 운용하던 어머니가 돌아가신 다음부터는 아내의 생활 감각에 의존해 살아왔다. 나름대로 살길을 도모해 보았으나 죄다 말아먹었고 이후 쓸데없는 사업을 벌이거나 사기를 당하지 않도록 아내의 조언에 따랐다. 그런 아내도 '부자였던' 남편의 무능에 지쳤는지 몇 년에 한 번씩 훌쩍 떠나곤 했다. 사랑도, 사람도 달라지지 않았기 때문에 이별과 재회를 반복하는 이 부부는 17년의 결혼 생활 중 세 번 별거했다. '소년 남편과 평생 해로할 자신이 없어.' 네 번째 별거를 선언하면서 '언제나'의 아내가 남긴 전언이었다.

이런 유의 이야기는 커피를 마시면서 나누긴 어려운 것이다. 다른 걸 마시긴 했다. 결과적으로는 이렇게 정리할 수 있다. **'결코'는 '언제나'의 카페로 달아나는데 우리 사이에 '그런데요'가 들어오면서 완벽한 삼각형을 이루었다.** 도주의 삼각형, 독신자들이 크리스마스라는 재앙을 피해 숨어드는 안전지대, 캐럴과 알전구와 견디기 힘든 낙관주의의 습격으로부터 도피해 우리가 맞설 무기는 귤 한 박스뿐. 12월이 되자 빌어먹을 트리에 불을 켜면서 '언제나'가 제안했다. 카페 문을 닫는 7시부터 우리끼리 한잔 걸치자고.

솔직히 말하자면 우리끼리 한잔 걸친 지는 달포가 넘었다.

'언제나'의 멋진 가게는 점점 기울고 난파선에 오른 두 손님('그런데요'와 나)으로 인해 더욱 심하게 뱃전에 물이 새는 중이었다. 실내에는 남자 셋이 자아내는 우중충한 동아리방 같은 분위기가 나기 시작했고, 후진 냄새라면 귀신같이 맡는 손님들이 얼씬도 하지 않았다. 아내 생각에 울적해진 '언제나'는 염불보다 잿밥, 카페보다 문 닫은 후 '테킬라 종' 치는 재미에 푹 빠져 있었다.

'테킬라 종'은 겉보기엔 초등학교 선생님의 교탁 위에 있음직한 차임벨이다. 용도는 전혀 달라 손님이 치면 테킬라 한 잔이 자동으로 나온다. '여기요' '뭘 드릴까요' '테킬라 한 잔 주세요' '알겠습니다'와 같은 대사를 '땡' 소리 하나로 압축하는 것이다. 이 기막힌 물건은 '언제나'가 오키나와의 한 술집 주인에게서 얻어 왔는데, 무슨 내기에 이겨서 얻은 것이라고 했다. '무슨 내기인지는 기억나지 않는데 그때까지 팔아준 테킬라만 해도 종 열 개는 서비스로 받을 수 있는 수준'까지 퍼마시고 얻어낸 것이라나. 기본적으로 카페에선 인테리어 소품이지만 문 닫은 후에는 제 기능을 찾는다. 땡 소리가 울리면 주변이 교실처럼 변하는 단정한 느낌 때문에, 그럼에도 테킬라가 나온다는 반전 때문에 평소보다 술을 더 마시게 된다. 나 역시 테킬라를 먹으려고 종을 치는 건지, 종을 치려고 테킬라를 먹는 건지 모를 지경이 되곤 했으니까.

우리끼리의 대화에 중독된 것이 언제부터였는지는 잘 모르겠지만 쓸데없는 잡담을 나누다가 속마음까지 털어놓게 된 데에는 멕시코산 증류수의 역할이 크다. 커피를 마시면서 낮에 나누는 이야기와 술을 마시면서 밤에 주고받는 대화는 사실주의 소설과 환상소설만큼 차이가 나는 법이니까. 후자의 이야기에는 분명 모호한 부분이 많고, 달빛을 받아 윤곽만 드러나기 때문에 왜곡도 있을 것이다. 그럼에도 크리스마스가 다가올 때쯤 우리 셋은 떨어질 수 없는 한때를 공유하고 있었다.

카페에 가기 위해 집을 나서자 하늘에서 눈이 내렸다. 속초 해수욕장의 대관람차는 거슬리도록 번쩍거렸다. '속초아이'라고 이름을 지었기 때문에 나는 저 대관람차를 볼 때마다 톨킨 소설에 나오는 사우론의 눈알을 떠올리곤 했다. 거리에는 행복을 의무처럼 지고 있는 사람들이 우글거렸다. "행복이 의무가 되면 그게 행복인가!" 이렇게 외치고 싶은 지경이었다. 정작 내 손에도 황금빛 테킬라, 패트론 아네호 한 병이 들려 있으면서. 크리스마스이브에는 행복에 대한 환상을 버리기 어렵다.

도착해 보니 우리 중 가장 어린 '그런데요'는 손님에게 선물받은 귤 한 상자와 맥주 식스 팩을 들고 왔고, '언제나'는 글렌피딕 한 병과 하몽과 살라미, 무화과와 멜론, 여러 종류의 치즈를 줄줄이 세팅하는 중이었다. 이 양반이 아직도 돈 쓰는 버릇을 버리지 못했구나 싶으면서도 눈이 즐거웠다. 호화로운 안주에 본격적으로 술판이 벌어지기 시작했다. 동생뻘 되는 이들에게 절대로 말을 놓지 않는 '언제나'와, 독특한 호기심으로 화제를 돋워주는 '그런데요', 거기에 잘 따라오는 청중인 '결코'는 버뮤다 삼각지대를 이루며 그 안에 테킬라 잔들을 빠뜨리고 있다.

불콰하게 술이 오르자 '언제나'가 내기를 제안했다. 그는 술이 오르면 뭐든 내기를 거는 버릇이 있다.

"귤껍질 빨리 까기 어때요? 단, 귤실이 하나도 남아 있지 않을 때까지 까는 겁니다."

"귤실이 뭔가요?"

"귤에 붙어 있는 하얀 섬유질 그물 같은 거 있잖아요. 그거."

둘 사이의 문답을 듣던 내가 재빨리 검색해서 알려주었다.

"귤락, 정확한 명칭은 귤락이라고 사전에 나와 있어요."

"사전은 상관없어요. 누가 그런 말을 알겠습니까? 아무튼 나는 이 나이까지 귤실이라고 불렀습니다."

'언제나'는 40대, '결코'는 30대, '그런데요'는 20대. 이렇게 터울이 지는 우리가 건배를 하고 있으려니 대학에서 첫 번째로 맞은 크리스마스가 떠오른다. 남중 남고를 나온 공대생 세 명이 치킨을 먹느냐 보쌈을 먹느냐로 한 시간가량 진지한 토론을 거친 후 뭔가를 포장해 학교 노천극장 계단에 앉았다. 크리스마스이브에 시커먼 남자 놈들과 소주나 까는 누추함을 과음으로 덮기 위해 부지런히 퍼마시는데 하늘에서 눈이 내렸다. 그 순간 텅 빈 운동장에서 누군가 호른으로 크리스마스캐럴을 연주했다. "호른." 진짜 호른 소리는 단 한 번도 들어본 적이 없으나 누군가 호른이라고 했기 때문에 그렇게 믿고 있다. "존나 좋다!" 믿을 수 없이 초현실적이고 동화 같은 순간이어서 휘파람을 불고 박수를 쳤다. 나중에 동반입대를 할 정도로 붙어 지냈는데 그들과 소식이 끊어진 지가…….

'언제나'는 각자의 앞에 귤과 접시를 하나씩 놓아주었다. 테킬라 종도 가운데로 가져왔다. 먼저 성공한 사람부터 종을 울리기로 했다. 결과에 따라 1등은 완벽한 귤 두 개를, 2등은 귤 하나와 귤락 하나를, 3등은 귤락 두 개를 먹기로 했다. 도중에 귤을 터뜨리면 새로운 것으로 교체해야 한다. 우리가 원하는 건 흠 없이, 상처 없이 완전무결한 귤의 나신이니까.

"시작합니다!"

하얀 귤실, 혹은 귤락이 보이지 않을 때까지 완벽을 기하려면 시간이 꽤나 걸릴 것이다. 우리는 홀짝홀짝 테킬라를 들이켜며 귤껍질을 까고 귤락을 깠다. '언제나'는 자신이 왜 이 놀이를 떠올리게 되었는지를 들려주었다.

"저는 말수도 적고 숫기가 없는 아이였어요. 그런데 우리 집에는 아버지 손님이 자주 오셨죠. 아버지는 손님이 오시면 저도 옆에 앉혀두셨어요. 대체 왜 그러셨는지. 손님들은 주로 아버지의 동료 교수들이나 제자들인데 저로서는 알아들을 수 없는 어려운 말들로 토론을 주고받았죠. 때로는 격렬한 논쟁으로 번져서 얼핏 듣기에는 싸우는 것처럼 보였어요. 격전지 구석에 앉아 있는 저는 어쩔 줄 몰라서 몸이 투명 인간이었으면 좋겠다고 생각하고, 시간이 가기만을 바랐죠. 겨울이었는지 지금처럼 귤이 있었어요. 드디어 할 일을 찾은 사람처럼 귤을 까기 시작했어요. 귤 열 개를 까고 나서 일을 연장할 생각에 귤실을……."

"귤락."

내가 정정했다. 아까 말해줬잖아요.

"귤락 혹은 귤실. 아무튼 그걸 까기 시작했어요. 벗기고 벗겨도 계속 나오더라고요. 하다 보니 왠지 지나치게 몰두해서 아버지도 손님들도 다 사라지고 온 세상에 저와 주황색 귤만 존재하는 것처럼 느껴졌죠. 죽을 때까지 그 일만 하기로 태어난 사람처럼 열심히 매달렸는데……. 혹시 귤실이 하나도 없을 때까지 벗겨본 적 있으세요?"

나는 고개를 끄덕였고, '그런데요'는 가로저었다.

"한 시간 반도 더 걸린 것 같아요. 마침내 흰 실은 하나도 없는 완벽한 주황색 공 모양의 귤이 완성되었어요. 겨우 한 개. 한 개 만드는 데 얼마나 오래 걸렸던지 손님들이 다 돌아갔더라고요. 결국 그 귤은 제 입으로 들어갔죠. 귤실이 하나도 없으면 엄청나게 맛있을 것 같았거든요? 걸리적거리는 것이 없으니까 차원이 다른 순수한 맛이 날 거라고 생각했어요. 그런데 하도 주물러서 그런가 미지근하고 맛없더라고요."

그때 입구에서 누군가 문을 두드리는 소리가 들려왔다. 불빛을 보고 영업 중이라고 착각한 손님인 모양이다. 휠체어를 탄 그는 사장을 찾더니 명함을 달라고 말했다. '언제나'가 명함 같은 건 없다고 대답하자 남자는 별다른 소동을 일으키지 않고 고분고분 물러났다. 그의 휠체어가 횡단보도를 건너 맞은편 건물 사이로 사라지는 것을 우리는 홀린 듯이 바라보았다.

말투만 들어도 제정신은 아닌 사람이다. 크리스마스이브에 명함을 모아서 무얼 하려는 걸까?

"저 사람은 왜 명함을 모을까요?"

"전에도 왔는데 기억을 못 하나 봐요. 저 사람만의 사회생활일까요? 우리 아버지는 성냥을 모으셨어요. 큰 상자 가득 있었죠."

"인간에게 수집은 본능일까요?"

나는 다른 생각으로 번져 대답할 타이밍을 놓쳤다. 내가 말하지 않은 것은 나 역시 귤락 혹은 귤실을 남김없이 제거했던 기억이다. 나는 귤락을 제거했을 뿐만 아니라 그걸 먹어본 적도 있다. 부모님의 지긋지긋한 말다툼. 그들을 외면한 채 귤을 까고 있는 내 모습. 아홉 살 때였나, 배가 고프니 저녁밥을 달라는 소리는 차마 할 수가 없었다. 할 수 있는 건 한없이 귤락을 벗기는 것뿐. 벗기면서 생각했다. 귤락은 귤을 보호하고 있다고. 드림캐처가 나쁜 꿈을 걸러내듯이 귤락이 과육을 지키고 있는지도 몰랐다. 보호받지 못하는 나는 귤락을 모조리 벗겨 맨살이 드러난 귤을 잔인하게 씹어 삼켰다. 저녁밥으로 귤 두 개는 부족했다. 나는 공처럼 둥글게 만 귤락을 입에 넣고 우물우물 씹기 시작했다.

땡!

방심한 사이 '그런데요'가 가장 먼저 테킬라 종을 울렸다. 그는 의기양양한 표정으로 보란 듯이 주홍색 탁구공처럼 변한 귤을 접시 위에 올려놓았다. 귤락이 하나도 붙어 있지 않은 귤은 갓 태어난 생물체처럼 보였다.

"제가 1등이에요!"

퍼뜩 정신을 차린 나와 '언제나'는 말을 멈추고 맹렬하게 귤락을 까기 시작했다. 그러다 내가 실수로 귤을 터뜨렸다. 탱글탱글한 과육이 공기로 된 총알처럼 허공에 구멍을 뚫어놓은 듯했다. 상큼한 향이 확 끼치자 '언제나'가 손뼉을 칠 정도로 좋아했다.

"다시! 처음부터 다시!"

내기는 흐지부지되었다. 만취한 '언제나'가 귤락이 덕지덕지 남은 귤을 흔들면서 종을 쳤기 때문이다. 우리는 대충 건배하고 마무리했다.

나는 순전히 호기심으로 하얀 귤락을 입에 넣어보았다. 예전과 똑같은 맛이 날까? 귤락은 질긴 무맛이다. 아무런 맛도 없이 오로지 잘 끊어지지 않는 특성만 있을 따름이다. 부모는 내게 그런 존재다. 평소에는 별생각이 없지만 끊어지지는 않는 적개심만은 여전했다. 자기혐오에 시달릴 때마다 나라는 존재가 그 두 사람이 만들어낸 합작품이라는 생각을 떨칠 수 없었다. 나는 공 모양으로 뭉쳐놓은 귤락을 끊어지지 않게 조심조심 펼쳐보았다.

그때 '언제나'가 눈물을 흘리기 시작했다. 아무래도 아내가 영영 떠난 것 같다며, 자신의 모래시계는 진정으로 비었다고 말이다. 아내가 어디로 갔는지 추측하기 위해 집을 뒤졌는데 생각지도 않은 물건이 등장했다고 한다.

"여권이 나왔어요. 한 번도 해외에 나간 적이 없는 여자가 느닷없이 왜 여권을 만들었을까요?"

스탬프가 하나도 찍히지 않았기에 여권은 텅 빈 공책에 불과하다. 그녀는 어디로 떠나려 했을까? 사랑과 권태로 이루어진 모래시계를 그만 내려놓고 싶었던 것일까? 보들레르의 말대로 반복은 지옥이다. 그러나 지옥도 습관이라서 쉽게 떨칠 수는 없다.

나는 '언제나'에게 귤락을 내밀었다. 이럴 때 딱 맞는 안주니까. 우리 둘이 염소처럼 우물거리는 것을 보자 '그런데요'도 귤락을 두어 가닥 집어 입에 넣었다. 우물우물. 분위기가 가라앉는 것 같아 내가 침묵을 깼다.

"리미널리티."

"니미럴? 지금 욕을 한 겁니까?"

"'문턱의 시간'. 우리가 그 시간을 보내는 것 같아요. 리미널리티는 인생의 통과의례 중에 만나는 틈새 시간을 가리키는 말이에요. 예를 들어 번지점프를 해야 성인으로 인정하는 부족이 있다고 쳐요. 점프대에 서기 전까지의 청소년들은 리미널리티를 보내는 것이죠."

"또 잘난 척하시네."

"이 상태에서는 자발적인 코뮌이 쉽게 만들어져요. 같은 경험과 의식을 공유하니까. 지금 우리처럼."

"우리는 어디에서 어디로 넘어가는 건데요."

"우리는 문턱을 못 넘어갔어요. 이곳은 번지점프대예요. 12월 내내 점프대에 셋이 모인 거예요."

"모래시계 병목현상인가요."

"맞아요. 모래시계의 오목한 부분에 걸린 모래알들. 그게 우리 같아요. 리미널리티."

"니미럴."

"육시럴."

"씨부럴."

우리는 와하하하 웃었다. 저속하고 걸쭉한 욕설을 돌아가며 내뱉자 팽팽하던 허파에 공기가 들어오는 느낌이다. 오늘 밤 테킬라 종을 몇백 번이나 쳤는지 아무도 셀 수 없을 것이다.

정신을 차려보니 아침 해가 밝아오고 있었다. 크리스마스구나. '그런데요'는 어디론가 사라지고 엎드린 채 잠들어 있는 '언제나'가 보였다. 나는 어수선한 테이블 위를 정리하고 설거짓거리를 개수대로 옮겼다. 그러는 동안 화장실에서 돌아온

'그런데요'가 나를 돕기 시작했다. 요란한 청소와 설거지 소리에도 '언제나'는 깨지 않았다. 심지어 그의 귀에 대고 테킬라 종을 땡, 쳐보았지만 웅얼웅얼거릴 뿐 끝내 눈을 뜨지 않았다.

실내가 말끔해지자 '그런데요'는 오후 알바를 가기 전에 눈 좀 붙여야겠다며 일어섰다. 반소매 티셔츠에 패딩만 걸친 그는 여전히 여름 나라에 머물러 있는 청년처럼 보였다. 손목에 시계처럼 새겨진 나침반 문양의 타투가 보였다. 순간 내 책상에 놓인 나침반 문진이 떠올랐다. 방향 상실의 감각은 언제나 황홀하다. 하지만 그 감각의 모래알 또한 정해져 있는 것이다.

"그런데요, 내년 가을에는 버텨보려고 해요. 죽음이 없으니까 부활하는 맛도 없는 거 같아서."

나침반이 가리키는 방향으로. 이것이 아침의 사실주의다. 그렇다면 나는? 도주만 반복하는 결단으로 인생을 채울 수는 없지 않은가.

나는 '그런데요'가 자전거를 타고 횡단보도를 건너는 모습을, 작은 소실점이 되어 골목 안으로 사라지는 모습을 지켜보았다. 카페로 돌아와 '언제나'의 어깨 위에 담요를 둘러준 다음, 테킬라 종을 주머니에 넣었다. 술독에 빠져 사는 그의 외로운 구간이 끝나기를 바라면서. 마침내 나도 문을 열고 밖으로 나왔다. 단지 건널목을 건넜을 뿐인데 이 가게에서 보낸 하루가 1년처럼 여겨졌다.

횡단보도를 다 건넌 다음 뒤돌아서서 그 카페를 보았다. 이제 내가 스크린 속으로 들어갈 차례일까? 나는 저곳의 모든 맛을, 귤락을 벗겨버린 맨살의 맛을 보았다. 문턱의 시간은 너무도 강렬해 오래 머물 수 없다. 서로에게 털어놓은 내밀한 이야기 때문에 우리는 돌연한 척력을 느끼게 될 것이다. 어젯밤은 일시적으로 열리는 계류자들의 코뮌이자 잠깐 허락된 유토피아였다. 누구든 흔들리는 번지점프대에 오래 머물 수는 없다.

상상 속에서 나는 아무도 모르게 가게를 태우기 시작했다. '불을 지르는 거야, 그리고 떠나면 새해에는 혼자가 되겠지.' 그러자 마음이 좋아졌다. 누군가에게 마음을 열고 이야기한다는 것은 위험한 일이다. 비밀을 말하는 건 자백처럼 느껴지니까.

맞은편에서 카페에 자주 왔던 여자 손님이 걸어오고 있었다. 커다란 선글라스로 얼굴을 가렸고 엄청난 몸매를 가벼운 코트로 덮은 차림이었다. 그녀는 투명 인간을 통과하듯 내 옆을 스치고 지나갔다. 그녀가 지나간 자리마다 크리스마스가 시작되는 것처럼 보였다. 나는 오른쪽 주머니에 손을 넣어 테킬라 종의 볼록한 버튼을 만져보았다. 왼쪽 주머니에는 아직까지 한 번도 켜지 않은 주홍색 전구가 들어 있었다.

모래시계를 돌려놓듯, 나는 꼭지가 아래로 향하게 귤을 한 번 돌려놓았다.

겨울 (낮)잠

Ingredients

- ㅁ 동굴
- ㅁ 모닥불
- ㅁ 장기 저장된 기억

How to cook

길고 지루한 겨울을 어떻게 빨리 감을 수 있을까? 우리는 곰에게 지혜를 배울 수 있다. 동면이 최상이다. 깨어 있어봐야 넷플릭스나 유튜브 세상에서 헤매다 황폐해지니 차라리 잠 속으로, 꿈속으로 망명하자.

겨울잠을 위해서는 무엇보다 동굴이 필요하다. 각자 집의 가장 어두운 모서리를 확보하거나 자는 공간을 어둡게 만들면 된다. 내 친구는 침대 밑에 요가 매트를 깔고 들어가는 방법을 택했는데 의외로 나오기 싫더란다. 아늑한 느낌을 위해서는 모닥불이 필요하다. 현대인답게 전깃불을 이용하되 반드시 노란 조명으로 준비하자. 이 조명은 필연적으로 바닥에 놓여야 한다. 구석기인들을 생각해 보자. 모닥불을 바닥에 피우지 천장에 피우겠는가? 자고로 불은 발치에 놓여야 상승하는 우리의 마음을 제대로 느낄 수 있는 법. 인간이 나무에서 내려와 밤을 보낼 수 있었던 결정적인 이유가 불의 발견이라고 한다. 더 이상 포식자를 두려워하지 않고 대지에 편안하게 발을 디디고 밤을 보낼 수 있게 된 다음에 불 속에서 인간이 발견한 것은 바로 마음과 이야기였다. 좋다와 안전하다 같은 감정을 말하면서 그 감정이 들어 있는 '마음'이라는 공간이 떠올랐을 것이고, 그로 인해 이야기가 시작되었다. 그러니 꿈속의 이야기를 마련하기 위해서는 노란 불빛이 필요하다.

그다음엔 이불. 털 없는 원숭이로서 극세사 담요 같은 보드라운 것을 둘둘 휘감으면 겨울잠 자는 곰을 흉내 내기 적당할 것이다. 나의 경우 솜이 들어간 버티색 이불을 장만했다. 베이지도 옐로도 아닌 버터색. 노랑에서 약간 빛이 바랜 듯한 버터색이 나는 가장 포근해 보이더라고. 담요는 우리의 꿈을 펼칠 캔버스이므로 취향에 따라 색상과 촉감을 고르도록 하자. 민트와 라벤더도 좋지만 화이트나 블루는 피하자. 그건 여름 낮잠을 위한 캔버스니까.

마지막으로 꿈꿀 준비. 즉 즐거운 공상이다. 일단 현실에서 가장 먼 곳으로 달아난다. 수치심과 굴욕으로 오염되기 전의 추억이 가장 만만하다. 바둑판에서 첫 돌을 놓듯 기억 속에 남아 있는 가장 오래된 기억부터 캐내어 보자. 장기 기억이 저장된 보물 상자를 뒤적이다 보면 낡은 브로치나 알이 빠진 반지가 뜻밖에도 빛을 내며 반짝일 것이다. '거기 있어?' 기억에게 말을 걸어보자. 오래된 기억은 살아남은 것만으로도 이미 편집된 이야기이므로 구태여 다른 이야기를 찾을 필요가 없다. 이어서 우리의 비밀, 고요한 수치심, 가장 아나키하고 아방가르드한 무의식의 가장자리로 달려가자.

이제 웅크릴 시간이다. 겨울잠을 자는 곰처럼.

10분, 혹은 한 시간밖에 잠들지 못하더라도 꿈속의 시간은 아코디언 주름처럼 펼치면 늘어나는 것이니 동면으로 치자. 겨울에는 낮잠을 보트 삼아 달아나자. 탈혼망아의 꿈속으로, 작은 죽음으로. 우리 모두 태어날 때는 초현실주의자였으므로 그곳으로 가는 길을 떠올리는 건 어렵지 않다.

TIP　작가의 다른 책 더 읽어보기

김성중

지은 책으로 소설 《개그맨》 《국경시장》 《이슬라》 《에디 혹은 애슐리》가 있다.

겨울 기도

정용준

1.

이른 아침 건물 입구에 서서 고개를 들고 층별로 붙은 간판을 쳐다봤다. 2층. 3층. 4층. 5층. 조악한 간판 사이 찾아낸 이름 '그레이스 고시텔 5F' 4층은 미용실과 조명 가게가 있고 6층은 와인 바인데 5층에 고시텔이라니. 난해한 조합에 한숨이 절로 났다. 민 조교는 들어가자는 눈짓을 보냈다. 아, 네. 아주머니는 앞서는 민 조교의 뒤를 따랐다.

초록색 시트지를 가위로 오려 만든 '그레이스' 글자가 붙은 현관. 민 조교와 아주머니는 문을 열고 안으로 들어갔다. 두 사람이 나란히 서 있기 힘들 정도로 협소한 공간에 택배 상자가 피사의 사탑처럼 위태롭게 쌓여 있었다. 그 순간 칙, 하는 소리와 함께 벽에 붙은 자동분사기에서 라벤더 향이 뿜어져 나왔다. 민 조교는 아주머니가 눈치채지 못할 정도로만 인상을 찌푸렸다. 숙박 시설 특유의 곰팡내와 그 냄새를 지우려는 싸구려 방향제가 코를 통해 뇌에 닿는 것 같았다. 몇 년 전 고시원에 살던 시절이 떠올랐다. 기억하고 싶지 않지만 기억나 버린 몇 개의 팝업창. 지긋지긋한 날들. 민 조교는 눈을 질끈 감고 고개를 저으며 그것들을 하나씩 눌러 삭제했다. 민 조교는 잠시 내부를 둘러봤다. 좁은 복도 사이로 벌집처럼 다닥다닥 붙은 방들. 필요 이상으로 어두운 복도와 소름 끼치도록 고요한 실내.

민 조교는 관리실 문을 두 번 노크했다. 거친 소리를 내며 여닫이문이 열렸다. 아주머니와 헤어스타일과 생김새가 놀라울 정도로 닮은 사람이 무슨 일이냐는 말이 담긴 눈으로 민 조교와 아주머니를 쳐다봤다. 민 조교는 사정을 설명했다. 관리인은 처음엔 고개를 흔들며 거부했다. 그건 프라이버시 때문에 안 된다고 했다. 민 조교는 이분을 생각해서라도 도와달라고 부탁했다. 관리인은 잠시 아주머니를 봤다. 딱 봐도 촌에서 올라온 사람이 설움 많은 얼굴로 어색하게 웃고 있었다. 관리인은 난감한 듯 입술을 꾹 다물었다. 아주머니는 한 손으로 들고 있던 스티로폼 아이스박스를 두 손으로 바꿔 들고 고개를 푹 숙여 인사했다. 관리인은 안 되는데, 안 되는데, 중얼거리다가 말했다.

"이름이 뭐라고요?"

"신경, 외자예요."

관리인은 한참 명부를 뒤적이더니 끙, 하는 소리를 내며 의자에서 일어났다.

"따라와요."

민 조교는 공동 주방을 손으로 가리키며 아주머니에게 말했다.

"어머님. 저기서 잠깐만 기다려 주세요."

아주머니는 고개를 끄덕이며 작은 소리로 네, 라고 답했다.

관리인은 미로 같은 복도를 느리게 걸었다. 걸음이 불편해 보였다. 오른쪽 무릎에 보호대를 차고 있었고 허리는 많이 굽어 있었다. 그는 혼잣말인지 민 조교에게 하는 말인지 알 수 없게 중얼거렸다. "짠 내도 나고. 참 짠하다." 107호 앞에 관리인이 섰다. 민 조교는 관리인 옆에 섰다. 관리인이 똑똑 문을 두드렸다. 반응이 없었다. 다시 한번 똑똑. 이내 문 뒤에서 누구세요?라는 말이 들렸다. 관리인은 말했다.

"학생, 관리실이야. 잠깐 문 좀 열어봐."

문이 아주 조금 열렸고 문틈으로 오른쪽 뿔테 안경과 눈동자가 보였다. 관리인은 몸을 돌려 관리실로 돌아가며 말했다.

"이제 둘이 이야기해요."

민 조교는 말없이 신경을 봤다. 하나로 모아 뒤로 묶은 머리, 눈을 가릴 정도로 길게 자란 앞머리, 헐렁한 회색 트레이닝 바지는 발을 가리고 바닥에 끌렸다. 신경은 처음엔 이 사람이 누구인지 몰랐다가 행정조교라는 것을 알고 무의식적으로 문을 닫으려 했다. 민 조교가 문을 붙잡고 말했다.

"신경 학생. 왜 전화를 안 받아요. 문자도 받았죠?"

신경은 고개를 숙이고 아무 말도 안 했다. 민 조교는 짧게 숨을 내쉬고 말을 이었다.

"저한테 설명할 필요는 없고. 학생 어머님 오셨어요. 공동주방에 계세요."

신경은 놀란 눈으로 민 조교를 봤다가 고개를 돌려 복도를 봤다. 좁고 어두컴컴한 복도 끝에 희미하게 비상구 표지판이 보였다.

민 조교는 정수기 옆에 서서 모녀의 상봉을 지켜봤다. 아주머니는 행정실에 전화하고 교무처에 전화하고 기숙사에 전화하고 어떻게 알았는지 학과장에게도 전화했다. '딸애와 연락이 안 됩니다. 도와주세요.' 학과장은 걱정 마세요, 라고 말한 뒤 민 조교에게 찾아보라고 부탁 혹은 명령했다. 할 수 있는 건 이미 다 했다. 장기 결석자였기에 문자를 보냈고 수차례 전화도 했고 메일도 보냈다. 민 조교는 학생회 활동을 열심히 하는 학생들의 도움을 받아 저번 학기에 같은 방을 사용했던 룸메이트를 찾아냈고 신경이 기숙사를 퇴소한 뒤 고시텔에 있다는 것까지 알아냈다. 이 소식을 학부모에게 전하려 했는데 어머니가 무작정 학교로 찾아온 것이다. 녹동에서 올라왔다고 했다. 녹동? 들어본 적 없는 지명이었다. 대학생이 그것도 1학년 학생이 연락이 안 된다고 교수와 부모가 이렇게까지 오버한다고? 열정이 식은 학생이 수업 빠지고 방에 틀어박혀 한 학기, 두 학기 허비하는 건 특별한 사건도 놀랄 일도 아니다. 스물하나잖아. 술 먹고, 이 사람 저 사람 만나고, 실수하고, 싸우고, 절교하고, 화해하고, 다시 절친이 되는 변덕의 날들. 흥분하고, 좌절하고, 자기애로 충만했다가 곧바로 자괴감으로 무너지는 몸과 마음. 보편적이고 일반적이다. 내버려두면 알아서 좋아지고 괜찮아질 텐데 왜 이리 호들갑인지.

하지만 막상 엄마와 딸이 마주 앉은 모습을 보니 울컥했다. 아주머니는 딸에게 경아, 경아, 부르면서 잘 지내는지, 건강한지, 공부는 잘하고 있는지, 친구는 있는지, 묻고 또 물었다. 신경은 화가 난 얼굴로 계속 엄마를 노려봤다. 기숙사에 있다고 안 했니? 학교는 왜 안 가고 있어?라는 질문에 이르렀을 때 신경은 화를 냈다.

"왜 찾아왔어? 내가 알아서 한다고 했지? 쪽팔리게 이게 뭐야. 이게 뭐냐고."

아주머니는 뭘 크게 잘못한 사람처럼 고개를 숙인 채 아무 말도 안 했다. 알아서 안 했잖아. 못 했잖아. 이게 뭐냐고? 네가 잠수 탔으니까 이렇게 된 거지. 여러 사람 힘들게 진짜 이게 뭐니? 끼어들고 싶었지만 민 조교는 잠자코 물만 마셨다. 주방에 콧수염을 기른 외국인 남자가 플라스틱 물통을 들고 들어왔다. 호기심 많은 큰 눈을 껌벅이며 둘의 만남을 한참 지켜봤다. 남자가 주방을 나가자마자 민 조교는 신경에게 물었다.

"여기 남녀 공용이에요?"

신경은 고개를 끄덕였다. 민 조교는 아, 하며 고개를 끄덕였다. 위험한데, 라는 말을 하려고 했는데 아주머니가 들을까 봐 입 밖으로 꺼내지 않았다. 민 조교는 잠깐 할 이야기가 있다고 신경을 복도로 불렀다. 아주머니가 걸어가는 딸의 뒷모습을 물끄러미 바라봤다.

"어머님 잘 만나고 나중에 행정실로 꼭 전화해요. 문자로 제 번호도 남겨놨으니까 행정실 연락 안 되면 저한테 전화하시고요. 알겠죠?"

신경은 네, 네, 하며 고개를 끄덕였다. 두 손을 마주 잡은 채 오른손으로 왼손 검지를 계속 만지고 비틀고 눌렀다. 민 조교는 신경의 옷소매 밑으로 살짝 보이는 가늘고 짧은 하얀 선분 몇 개를 봤다. 상처가 난 자리에 딱지가 생기고 그 딱지가 떨어진 자리에 남은 하얀 흉터. 불안하고 걱정되고 뭘 어떻게 해야 할지 모르겠는, 갑자기 어른이 되어야 하는 아이.

"교수님들도, 저도, 걱정하고 있고 기다리고 있어요. 결석 몇 개는 어느 정도 해결할 수 있으니까, 아직 안 늦었으니까, 지금이라도 학교 와요."

민 조교는 신경의 손등에 손을 올리고 한 번 더 말했다.

"꼭이요. 꼭."

"네.

2.

관리인은 급한 일도 없으면서 괜히 공동 주방을 왔다 갔다 했다. 냉장고를 열어 내부를 확인하고 멀쩡한 탁자를 마른행주로 닦았다. 곁눈으로 엄마와 107호를 살폈고 귀를 쫑긋 세워 대화를 엿들었다. 연락이 왜 안 되냐는 거듭된 질문에 107호는 원래 핸드폰 잘 안 본다고 둘러댔다. 107호는 기숙사 생활이

답답했고 다시 돌아갈 생각이 없다고 했다. 엄마는 무릎이 아프고 사당역 근처에 있는 병원 예약이 잡혀 있다. 병원까지 어떻게 갈 거냐고 딸은 물었고 엄마는 지하철로 가면 된다고 했다. 엄마는 내내 저자세고 107호는 필요 이상으로 공격적이고 계속 신경질을 부리고 있다. 엄마에게 그런 식으로 말하지 마, 라고 혼내고 싶었지만 관리인은 꾹 참았다.

"문어 좀 갖고 왔어. 친구들하고 나눠 먹어."

"여기서 그걸 어떻게 먹어? 요즘도 배 타? 또 통발 빼는 거야?"

엄마는 아무 말도 하지 않았다. 관리인은 불안한 시선으로 엄마를 봤다.

"내가 그거 하지 말라고 했지. 엄마는 진짜 왜 내 말을 하나도 안 들어? 누가 문어 먹고 싶대? 문어, 낙지, 이런 거 잡으면 뭐 해. 손가락이 다 날아가는데."

엄마는 검지와 중지가 없는 허전한 왼손을 오른손으로 감쌌다.

"화 좀 그만 내. 엄마 힘들어."

"누가 여기까지 오래? 내가 문어 먹고 싶다고 했냐고. 나도 힘들어."

"알아. 그러니까 걱정하잖아."

"걱정한다고 뭐가 달라지는데. 내가 잘 지낸다고 했지. 그런데 왜 딸 말을 못 믿고 여기까지 오는데. 엄마는 왜 내 말을 하나도 안 들어?"

화내지 말라는 엄마의 말에 107호는 화를 더 냈다. 엄마는 웃으며 말했다.

"알았어, 알았어. 연락됐으니까 됐어. 이제 갈게. 딸. 전화 좀 해. 알았지?"

엄마는 탁자 위에 아이스박스를 놓고 뾰족한 107호의 어깨를 어루만지고 주방을 나갔다.

107호는 두 손으로 얼굴을 감싼 채 한동안 가만히 있었다. 관리인은 정수기 물받이를 비우면서 불안한 눈으로 그 모습을 지켜봤다. 107호가 아이스박스를 들고 자리에서 일어났다. 쓰레기통에 던지려는 것을 관리인이 막았다.

"아니. 그걸 왜 버려?"

관리인은 107호 손에서 아이스박스를 빼앗았다. 테이프를 뜯고 뚜껑을 연 뒤 아이스팩을 걷어냈다. 관리인은 자신도 모르게 외마디 탄성을 내뱉었다. 금방이라도 꿈틀거리며 움직일 것 같은 문어가 다섯 마리나 들어 있었다. 관리인은 흥분했다.

"문어는 데쳐서 보관해야 해."

107호는 전 관심 없으니까 그냥 가져가서 드세요, 라고 말하고 싶었지만 어째서인지 그렇게 말하면 관리인이 문어로 머리를 때릴 것 같았다. 관리인은 창고에서 커다란 솥을 꺼내 왔다.

깨끗이 행군 문어를 끓는 물에 넣고 살이 질겨지지 않을 타이밍에 꺼냈다. 도마 위에 오른 보랏빛 문어에서 김이 피어올랐다. 관리인은 커다란 칼로 몸통과 다리를 날렵하게 크게 크게 툭, 툭, 턱, 턱, 썰어 한 덩어리씩 위생팩에 넣었다. 고시텔 전체에 문어 특유의 비릿하면서 고소한 냄새가 퍼졌다. 하얀 머리를 포니테일로 묶은 103호 남자는 진귀한 광경을 보듯 입을 벌리고 문어 해체 쇼를 바라봤고 102호 파키스탄 여자는 주방에 들어오자마자 소리를 깩 지른 뒤 방으로 돌아갔다. 105호 여자는 관리인 옆에 바짝 붙어 서서 위생팩을 뽑거나 도마를 씻어주며 일을 거들었다. 관리인은 문어 반쪽을 들고 107호를 바라보며 말했다.

"이건 수고비로 내가 먹어도 돼?"

의자에 앉아 멍하니 그 모습을 바라보던 107호는 고개를 끄덕였다.

"땡큐."

문어의 머리와 몸통은 한 입에 먹기 좋게 토막 냈고 커다란 다리는 팩할 때 쓰는 오이처럼 얇고 넓게 썰어냈다. 관리인은 아직 김이 피어오르는 따뜻한 문어를 접시에 담아 초장이 담긴 작은 그릇과 함께 탁자에 올렸다.

"와사비가 있으면 딱인데 아쉽게 됐네."

105호는 길 잃은 강아지처럼 관리인을 쳐다봤다. 관리인은 문어 다리에 초장을 묻혀 105호 입에 넣었다. 105호의 꼭 감은 눈꺼풀이 부르르 떨렸다.

"아…… 진짜 맛있어. 문어 먹으면 없던 힘도 생긴다는데 미치겠네. 힘 나서."

관리인은 젓가락으로 통통한 문어 다리를 집고 초장에 찍어 107호에게 내밀었다.

"제가 먹을게요."

107호는 손으로 손톱 크기의 조각을 집어 들어 초장도 없이 입에 넣었다. 맛있다. 집에서 먹었던 것보다. 엄마가 삶아준 것보다. 더.

관리인은 문어를 소분한 몇 개의 비닐봉지를 공용 냉장고가 아닌 '관리자 외 사용금지' 스티커가 붙은 냉장고에 집어넣었다.

"공용 냉동실에는 자리가 없으니까 여기에 넣어둘게. 꼭 챙겨서 먹어야 해."

107호는 고개를 끄덕이며 말했다.

"감사합니다."

방으로 돌아가려는데 105호가 107호의 등을 톡톡 두드렸다.

"죄송한데요. 혹시 문어 한 봉지만 나한테 팔래요?"

107호는 선선히 고개를 끄덕였다.

"그냥 드세요. 어차피 저는 좋아하지도 않아요."

3.

신경은 침대에 엎드려 베개에 얼굴을 묻었다. 10분. 15분. 30분. 그 모습 그대로 꼼짝도 안 했다. 마음이 복잡하고 기분이 이상했다. 미안하고 화가 났다. 고맙고 귀찮았다. 평소였다면 이런 마음을 빨리 털어내려고 헤드폰으로 음악을 듣거나 시시껄렁한 영상을 봤을 것이다. 그래도 안 되면 팔에 상처를 내서 피라도 뽑았을 것이다. 그렇게 흘러가게, 몸과 마음에서 빠져나오게, 했을 것이다. 하지만 그러고 싶지 않았다. 무엇인가 마음을 물면 물리고 싶었다. 감정을 긁으면 다른 감정도 내어주고 싶었다. 깨물리고 긁히고 상처투성이가 된 모습을 보고 통증을 느끼고 싶었다. 울고 싶지도 않았다. 복잡한 감정이 쉽게 해소되는 것을 원치 않았다. 신경은 비몽사몽인 상태로 오전과 오후를 보냈다. 엄마 손을 잡고 녹동항을 거닐었다. 강의실 의자에 앉아 수업을 듣고 이따금 교수님 몰래 핸드폰을 했다. 다코야키 트럭 앞에 줄을 서서 친구들과 수다를 떨었다. 고소한 냄새와 달콤한 향이 코와 마음을 간지럽게 했다. 하지만 신경은 그것이 꿈이라는 걸 알았다. 진짜가 아니라는 사의식 탓에 친구들 속에서도 혼자 얼굴이 밝지 않았다.

똑똑. 노크 소리에 잠에서 깼다. 신경은 소리를 무시하고 가만히 있었다. 다시 똑똑. 누굴까. 관리인의 노크 소리와는 다르다. 조심스럽고 은밀하다. 신경은 한 뼘쯤 문을 열고 침입자를 봤다. 처음 본 사람이었는데 자세히 보니 또 낯이 익었다. 언니라고 부르면 딱 좋을 것 같은 키와 얼굴을 갖고 있었다.

"쉬시는데 죄송해요. 105호예요. 문어 주셔서 좀 만들어봤어요. 드셔보세요."

신경은 접시 위에 예쁘게 놓인 여섯 알의 다코야키를 봤다. 다코야키를 만들었다고? 어떻게?

"만드셨어요? 여기서?"

"가정용 다코야키 기계가 있어요. 한 번에 열여덟 개 만들 수 있는. 다코야키를 워낙 좋아해서 충동적으로 샀는데 몇 번 쓰고 처박아 뒀거든요. 덕분에 사용해 봤네요. 겉이 쫀득하고 속은 촉촉해야 하는데 뭘 잘못했는지 좀 딱딱하네요. 아쉽게도 가쓰오부시가 없어. 다코야키는 가쓰오부시가 생명인데."

105호는 수다스러웠다. 묻지도 않았는데 레시피를 알려줬고 어느 순간부터는 묘하게 반말이 섞이면서 말도 짧아졌다. 조금만 더 있다가는 문을 열고 안으로 들어올 것 같았다. 신경은 문을 닫으며 서둘러 인사했다.

"잘 먹겠습니다."

좁은 책상에 어지럽게 널려 있는 물건들을 바닥에 내려놓고 접시를 놓았다. 과하게 구워져 초콜릿처럼 보이는 동그란 다코야키 위에 데리야키소스와 마요네즈가 뿌려져 있었다. 제법 그럴듯했다. 한 알을 집어 입에 넣었다. 맛은 다코야키인데 식감은 다코야키가 아니었다. 튀김에 가까웠다. 하지만 좋았다. 문어는 너무 컸고 너무 많았다. 그것 역시 좋았다. 고소하고 달콤한 맛. 씹으면서 알게 됐다. 나, 배가 고팠구나. 사발면 하나. 다음 날 남은 국물에 햇반 하나. 반찬도 없이 대충대충 배만 채우면서 사느라 달콤한 음식을 먹은 기억이 까마득했다. 신경은 유튜브 재생 버튼을 누르고 한 알 더 입에 넣었다. 자신도 모르게 음, 음, 하는 감탄사를 뱉으며 느리게 꾹꾹 씹었다. 좋아하는 여행 유튜버가 도쿄 거리를 걸었고 처음 보는 먹방 유튜버는 편의점에서 파는 모든 종류의 삼각김밥 먹기에 도전했다. 재밌었고 킥킥 웃음도 나왔는데 느닷없이 두 눈에서 눈물이 줄줄 흘러내려 턱을 타고 탁자 위로 떨어졌다. 뚝뚝. 다코야키에 묻고 노트북 키보드에 떨어진 눈물. 신경은 헤드폰을 벗고 세수하듯 두 손으로 눈을 비벼 눈물을 닦아냈다. 바탕화면 하단에 점점이 박힌 최소화된 인터넷 창들을 멍하게 바라봤다. 관심도 없는 걸 들여다보고, 만난 적도 없는 사람의 인생을 관찰하고, 보지도 않을 드라마의 하이라이트를 보며, 오늘과 내일을 다 망치고 있네. 정작 나와 내 주변 사람들은 돌보지도 못하면서. 과제가 밀리고, 좋아하는 수업인데 결석을 하고, 친구와 다투고, 화해를 못 하고, 중요한 일을 앞두고는 잠이 오지 않고, 그래서 다음 날 늦고, 자신이 없고, 해명할 수 없고, 설명하기도 싫고, 나쁜 소문이 도는 것 같고, 화가 나고, 슬프고, 억울하고, 엄마 집은 너무 멀고, 그냥 다 관두고 싶은 마음. 신경은 멍하게 노트북 화면을 바라보며 다코야키를 마저 먹었다. 눈은 화면을 향하고 있었지만 마음은 다른 곳에 있었고 감정은 깊은 곳으로 빠져들었다. 신경은 마지막 남은 소스 한 방울까지 손가락으로 찍어 깨끗하게 접시를 비운 뒤 유튜브 검색창에 한 문장을 입력했다.

집에서 다코야키 만드는 방법

4.

노크 소리에 화들짝 놀란 105호는 고양이 기지개 자세를 풀고 요가 매트에서 일어섰다. 누구세요?라고 물었는데 문밖은 조용했다. 아주 작은 소리가 들렸는데 그게 사람 소리인지 고양이 소리인지 구분할 수가 없었다. 105호는 조심스럽게 문을 열었다. 107호였다. 학교와 전공 이름이 새겨진 커다란 롱패딩을 입고 비닐봉지를 들고 있었다. 모자와 어깨에 눈이 쌓여 있었고 코끝이 빨갰다.

"밖에 눈 와요?"

"네."

107호는 손으로 모자와 어깨의 눈을 툭툭 떨어내고 말했다.

"다코야키 기계. 빌려주실 수 있나요?"

105호는 107호가 다코야키를 어떻게 만들고 있는지, 잘 만들고 있는지 궁금해서 미칠 지경이었다. 기름칠할 붓은 있냐, 다코야키 뒤집는 뾰족이는 있냐, 만들어본 적은 있냐, 물어봤지만 107호는 괜찮아요, 제가 알아서 하겠습니다, 라고 냉정하게 답하고 다코야키 기계만 들고 복도 끝으로 사라졌다. 비닐봉지 안을 슬쩍 봤는데 부침가루와 버터, 가쓰오부시와 파래가루까지 제법 제대로 갖추고 있었다. 하지만 처음이라면 생각만큼 쉽지 않다는 것을 105호는 경험으로 알고 있었다. 105호는 슬며시 공동 주방으로 나가봤다. 고소한 버터 향과 밀가루 반죽이 타는 꼬소한 냄새에 곧바로 침이 고였다. 싱크대 쪽 가까운 테이블에 다코야키 기계를 놓고 애를 쓰는 107호가 보였다. 혹시나 했는데 역시나. 의연한 표정을 짓고 있지만 생각처럼 잘되지 않아 눈가와 입 주변이 떨리고 있었다. 접시엔 실패한 다코야키들이 볼품없이 널려 있었는데 그 모습이 꼭 발에 밟혀 으깨진 포도알 같았다.

"내 이럴 줄 알았지. 동그랗고 예쁘게 만드는 거 어렵죠."

네? 아뇨. 네. 107호는 입술을 꾹 다물고 열심히 다코야키를 망치고 있었다. 105호는 말했다.

"버터 바르고. 더 많이. 더. 더. 좋아요. 일단 구멍 딱 3분의 1만 차게 반죽을 부어봐요. 그렇죠. 그리고 문어 넣고. 파래가루도 넣고. 옳지. 그리고 조금 기다리자."

107호는 105호 말을 아주 잘 들었다.

"자, 이제 나머지 반죽도 넣어요. 아니. 더요. 더. 얼음 얼리듯 구멍만 채우면 안 되고 그냥 넘치도록 부어야 해."

105호는 반죽을 구멍 바깥으로 흘러넘치도록 넣는 게 직관적으로 꺼려져서 머뭇거렸다. 107호가 오른손을 내밀었다. 105호는 반죽이 든 통을 순순히 건넸다. 107호는 정말 콸콸 부었다. 조금만 더 넣으면 반죽이 틀 바깥으로 흘러넘칠 것 같았다. 105호는 불안한 마음에 어, 어, 소리를 냈다.

"이게 처음엔 이상해 보여도 조금만 기다려봐요. 왜 이렇게 하는지 알게 될 거야."

107호는 다코야키용 나무 꼬챙이 두 개를 손에 쥐고 살짝 굳어 부드럽고 끈적해진 반죽을 동그랗게 말기 시작했다. 양손을 리드미컬하게 움직일수록 삐져나왔던 반죽이 둥글게 모아졌다. 눈 뭉치를 손으로 꾹 누르고 반 바퀴 돌려 다시 꾹 누르면 동그랗고 단단한 눈덩이가 만들어지는 것처럼 팬 위에 다코야키도 먹음직스러운 동그라미로 변해갔다.

접시에 쌓아 올린 잘 구워진 다코야키는 황금빛 포장에 쌓인 페레로로셰 같았다. 105호는 107호의 눈에서 경탄의 빛이 서리는 것을 보고 마음이 따뜻해졌다. 키도 목소리도 딱 막냇동생 같았다. 능력도 용기도 없으면서 틱틱대는 싸가지 없는 표정까지. 친했다면 머리라도 쓰다듬었을 정도로 귀여웠다. 짜파게티에 물을 붓고 우두커니 기다리는 젊은 남자에게 세 알. 아까부터 복도를 어슬렁거리며 주방을 흘낏 훔쳐보던 두 명의 외국인에게 여섯 알. 몇 살인지 알 수 없고 언제부터 이 고시텔에 살았는지 아무도 모르는 노인에게 두 알. 107호는 드세요, 라는 인사도 없이 그냥 막 갖다줬다. 마다하는 사람은 아무도 없었다. 107호는 105호에게 말했다.

"도와주셔서 감사해요. 이제는 정말로 저 혼자 할 수 있을 것 같아요."

"몇 개나 하려고?"

107호는 그릇에 한가득 담겨 있는 문어를 봤다.

"조금만 더요."

105호는 파이팅, 하며 다코야키 한 알을 입에 쏙 넣은 뒤 춤추듯 몸을 흔들며 주방을 빠져나갔다.

105호는 잠에서 깼다. 이상한 밤이었고 묘한 아침이다. 이제 그만 자자, 하자마자 잠들었다. 뒤척임도 망설임도 없이 잠 속으로 풍덩 빠져들었다. 못된 생각도 나쁜 감정도 없었다. 상상하고 예상하느라 진 빠지고 괴로웠던 지난 밤들과 달랐다. 약도 안 먹었고 잠들기 위해 격한 운동도 하지 않았다. 한번 자보겠다고 빗소리 천둥소리 모닥불 소리로 수면 유도를 하지도 않았다. 잠에서 깼을 땐 설명할 수 없을 정도로 마음이 편하고 개운했다. 평소 수면장애에 시달렸는데 아무 이유 없이 이렇게 단잠을 자다니, 믿어지지 않았다. 휴대폰으로 시간을 확인했다. 6시 5분. 더 잘 수도 있었는데 105호는 침대에서 일어났다. 좋은 기분과 신선한 기운을 이용해 뭐든 하고 싶었다. 산책을 하든, 커피를 마시든, 그것이 무엇이든.

105호는 입구로 향하는 걸음을 멈추고 공동 주방으로 들어갔고 깜짝 놀라 어머, 하고 소리를 질렀다. 탁자 하나를 가득 채울 정도로 많은 다코야키가 보기 좋게 쌓여 있었고 '자유롭게 드세요'라고 적힌 형광 핑크 포스트잇도 붙어 있었다. 밤잠

없는 사람들이 오다가다 많이 집어 먹은 걸까. 쓰레기통에 기다란 다코야키 꼬치가 꽤나 버려져 있었다. 데리야키소스와 마요네즈도 반쯤 사라졌고 가쓰오부시가 담겨 있던 봉투는 텅 비어 있었다.

5.

신경은 백팩을 껴안고 지하철 의자에 앉았다. 샤워하고 머리도 감았지만 몸 어딘가에서 버터와 구운 문어 냄새가 나는 것 같았다. 첫차를 타기 전까지 다코야키를 굽고 또 구웠다. 한 순간도 쉬지 않고 몸을 움직였지만, 그래서 한잠도 잘 수 없었지만, 눈이 피곤하고 목과 어깨는 뻐근하지만, 조금도 힘들지 않았다. 신경은 맞은편 창문에 비친 자신의 모습을 물끄러미 바라봤다. 캄캄한 지하 터널 속을 터덜터덜 달리는 기차 유리창에 붙어 흔들흔들 움직이는 여자. 꿈 밖으로 빠져나온 사람 같다. 신경은 눈을 동그랗게 뜨고 입꼬리를 잡아당겨 미소를 만들어 밝고 귀여운 표정을 지어보았다. 그 모습이 진짜로 밝고 귀엽게 느껴졌다. 휴대폰을 꺼내 맞은편 유리를 찍었다. 결과물이 마음에 든 신경은 흡족함에 한숨을 후, 내쉬었다. 옆자리에 앉은 중년의 아주머니가 위태롭게 머리를 양옆으로 움직이며 졸고 있었다. 신경은 왼쪽 어깨를 세워 슬쩍 아주머니의 뺨에 댔다. 아주머니는 그것이 쿠션이라도 되는 듯 머리를 툭 기댔다. 다섯 정거장 남았다. 신경은 뜨겁고 빽빽한 눈을 꾹 감았다. 터덜터덜 잠이 스며들었다.

한겨울 사당역 6시 20분. 세상은 아직도 깜깜했지만 잠에서 깬 거리와 도로는 분주했다. 일터로 향하는 사람들은 눈과 어둠과 바람을 뚫으며 걸었고 제설차는 도로에 쌓인 얼음을 밀고 염화칼슘을 뿌리며 앞으로 나아갔다. 버스 정류장에 속속 도착하는 빨간색 광역버스들. 초록색 버스와 파란색 버스는 잠이 덜 깬 사람들을 태우고 시내와 좁은 골목을 돌고 돌았다. 눈은 계속 내리고 바람도 여전했다. 신경은 길게 숨을 내쉬며 새벽에서 아침 사이로 흩어지는 하얀 입김을 바라봤다. 꼬인 가방끈을 풀고 느슨해진 목도리를 단단하게 여며 코와 입을 가렸다.

입원 병동 데스크에 앉은 간호사가 졸린 눈을 비비며 간호일지를 작성하고 있었다. 형광등이 하얗게 비추는 병원 복도는 고요했다. 정적 사이를 파고드는 이질적인 기계 소리가 제힘으로 움직일 수 없는 환자들을 상징하는 것 같아 슬프고 무서운 기분이 들었다. 신경은 두 손으로 백팩 끈을 꽉 쥐었다가

놓았다. 간호사는 고개를 돌려 벽시계를 확인하고 다시 신경을 봤다. 이 시간에 도대체 무슨 일이냐고 묻는 듯한 피곤하고 무심한 눈이었다. 신경은 엄마의 이름을 말하고 면회하고 싶다고 했다.

"지금요? 다들 주무실 텐데."

"죄송합니다."

그래서 다음에 오겠다는 건지, 그래도 만나게 해달라는 건지, 알 수가 없었다. 미안한 표정으로 고개를 푹 숙이고 있는 자그마한 여학생에게 간호사는 말했다.

"원래는 이 시간에 면회 안 돼요. 503호. 탕비실 맞은편. 3인실이니까 조용히."

"감사합니다."

엄마는 창가에 있는 병상에 누워 있었다. 입구 쪽 미등만 켜져 있는 어두컴컴한 병실. 다른 환자들은 나무처럼 바위처럼 미동도 소리도 없었다. 엄마는 왼팔을 올려 눈을 가린 채 잠들어 있었다. 신경은 우두커니 서서 엄마 특유의 숨소리를 들었다. 바다와 하늘을 오가는 물새의 노래 같은. 흔들리는 숲에서 들려오는 잎사귀 소리 같은. 엄마의 잠과 꿈. 늘 어두운 게 무서웠다. 어둠이란 실체가 아니야. 빛이 사라진 텅 빈 구멍 같은 거야. 알지만 밤이 되면, 어두워지고 고요해지면, 여기에 무언가 서 있는 것 같고 저기엔 누가 나를 바라보고 있는 것 같았다. 엄마는 억지로 불을 끄지 않았다. 무서울 것 하나 없어. 그냥 자. 이런 말로 내 감정을 누르거나 생각을 꺾지 않았다. 눈꺼풀을 누르는 하얗고 따가운 빛의 압력. 그 느낌이 좋았다. 그 감각이 얼굴을 덮어주는 얇은 이불 같아 금세 평온해졌다. 엄마는 왼팔로 눈을 가리고 오른손으로는 불안에 떠는 딸이 잠들 때까지 이마를 어루만졌다. 아직도 엄마는 이렇게 자는구나. 내가 없는데도. 불이 꺼졌는데도.

신경은 엄마를 향해 조심조심 걸어 침대 끝에 걸터앉았다. 엄마는 팔을 스르르 내리고 어? 했다.

"딸."

쉿, 신경은 검지를 입술에 붙이고 조용히 하라고 했고 엄마는 신경을 따라 검지를 입술에 대고 쉿, 했다. 무릎과 다리 전체를 감싸는 깁스. 받침대 위에 올린 오른쪽 다리. 신경은 엄마의 다리를 어루만지고 괜찮냐고 물었고 엄마는 고개를 끄덕였다.

"여기에 금속도 있고 플라스틱도 있어. 엄마는 이제 로봇처럼 튼튼해질 거야."

"좋겠다, 엄마는. 오래 살겠어."

"썩지도 않고 제대로 타지도 않을 텐데 이거 나중에 어떡하니."

엄마는 주먹으로 깁스를 툭툭 때렸다. 뭐라고 대꾸할 말이 떠오르지 않는 신경은 어이가 없어 웃었고 엄마도 웃었다. 희미한 어둠 속에 초승달처럼 떠오른 엄마의 미소가 너무도 환하고 밝아 하마터면 눈물을 쏟을 뻔했다. 둘은 숨죽여 소곤소곤 대화를 나눴다. 가끔 웃음이 터졌고 쓸쓸한 침묵도 흘렀다. 그 사이 바깥은 많이 밝아졌다. 태양은 구름에 가려져 있지만 내리는 눈 사이로 흰빛이 안개처럼 떠다녔다. 신경은 백팩을 열고 플라스틱 반찬 통을 꺼냈다. 엄마는 누운 자세에서 살짝 고개를 들고 그게 뭔지 봤다. 봤는데 모르겠어서 눈을 동그랗게 떴다.

"다코야키. 안 먹어봤지? 문어로 만든 붕어빵이라고 생각하면 돼. 따뜻하면 좋을 텐데 많이 식었다."

신경은 데리야키소스와 마요네즈를 듬뿍 묻히고 그 위에 가쓰오부시를 올려 엄마 입에 넣었다. 엄마는 음, 오, 아, 하는 소리를 내면서 씹을 때마다 다른 표정을 지었다. 오물오물 씹어 삼키고는 아이처럼 웃었다.

"맛있다."

"맛있지."

환자 한 명이 눈을 떴다.

"무슨 냄새야."

다른 환자도 몸을 돌려 엄마와 신경을 봤다.

"누구?"

어제 만났을 텐데 엄마와 엄마를 꼭 닮은 환자들은 서로를 오래된 친구처럼 대했다. 별 이야기를 다 했고 이상한 소리도 했다. 삼각형의 세 꼭짓점에서 무시무시한 관심이 쏟아지고 있었다. 신경은 새장 속에 갇힌 처량한 새처럼 어떻게 해야 할지 몰라 어색하게 웃고만 있었다. 엄마는 신경이 자신의 딸이라는 이유로, 이 사랑스러운 내 새끼가 자신을 찾아왔다는 것 하나만으로도 자랑스러워 어쩔 줄 몰라 했다. 그만해 제발 그만해, 라는 말을 듣지 않고 계속 자랑하고 또 자랑했다. 환자들은 엄마의 말에 고개를 끄덕이며 맞장구를 쳤다. 그러네. 맞네. 그래 보이네. 신경은 종이컵에 다코야키를 넣어 엄마의 새로운 친구들에게 나눠 줬다. 다코야키를 처음 먹어봤다는 환자는 맛이 요상하다면서도 맛있다는 말을 다섯 번도 넘게 했다. 자신은 다코야키를 좋아하는 편이라고 포석을 깐 환자는 입에 넣기 전에 꼬챙이에 찔린 다코야키를 이렇게 저렇게 돌려보며 유심히 살폈다.

"직접 만들었다고?"

신경은 고개를 끄덕였다. 요리 대회에 나간 참가자가 심사위원 앞에 선 것처럼 긴장이 됐다. 심사 위원은 속을 알 수 없는 무표정한 얼굴로 아마추어 요리사의 음식을 입에 넣고 느리게 턱을 움직였다. 다 씹고 삼킬 때까지 한마디도 하지 않았다. 엄마와 신경은 초조하게 결과를 기다렸다. 심사위원은 종이컵을 조심스럽게 깁스한 자신의 허벅지에 내려놓았다. 그리고 박수를 짝. 짝. 짝. 짝. 네 번 쳤다.

"합격."

6.

"엄마, 안녕. 또 올게."

경이가 문 앞에 서서 오래오래 손을 흔들다가 사라졌다. 침대에 눕고 고개를 돌려 창밖을 본다. 서울의 겨울은 녹동의 겨울보다 매섭구나. 어제는 그렇게 바람이 불더니 지금은 함박눈이 내리고 있다. 크고 무거운 눈송이가 하늘에서부터 뚝뚝 떨어지고 있다. 저 무거운 눈송이가 어떤 건 꽃씨처럼 어떤 건 가벼운 솜털처럼 허공에 둥둥 떠서 나비처럼 가벼이 움직이는 것이 신기하다. 저 멀리 유명한 산이 있다지. 바로 앞엔 크고 높은 빌딩들이 있고 저 아래엔 차와 사람들이 이 눈 천지 속에서도 어디를 가보겠다고 움직이고 있을 텐데 크고 많은 눈에 가려지고 지워져 희미하게 실루엣으로만 아른거린다. 재작년 비봉산에 올라 바라본 겨울 바다가 생각난다. 그날도 오늘 같았지. 갑작스럽게 내린 큰 눈으로 앞이 보이지 않을 정도였다. 안개와 운무가 바다와 하늘과 산봉우리를 감싸며 흐르는 풍경은 기이하고 아름다웠다. 바다는 바다처럼 보이지 않았다. 김이 피어오르는 고요한 호수 같았다. 방파제도 배도 파도도 마을도 집도 교회도 보이지 않았다.

경이 아빠 장례를 마치고 일주일이 지난 어느 아침, 몸을 움직일 수 없었다. 슬프다거나 힘들다거나 그런 마음은 없었는데 이상하게 마비된 것처럼 꼼짝할 수가 없었다. 평생 속을 썩인 양반이었고 다정한 말이나 행동도 할 줄 모르는 사람이었기에 애틋함이나 애잔함은 없었다. 마음이 덤덤하여 도리어 걱정이었다. 위로하는 사람들과 통곡하는 이들이 흉을 볼까 봐 억지로 눈물을 짜내야 할 정도였으니까. 발인이 끝나고 애 아빠 물건을 정리했고 옷도 다 태웠다. 잘 잤고 잘 먹고 잘 웃기까지 했다. 그런데 어느 날 이상함을 느꼈다. 마음이 텅 빈 듯 공허했고 팔다리에 힘이 붙지 않았다. 사흘 동안 침대에 누워만 있던 나를 움직이게 한 건 경이였다. 택시는 비봉산 입구에 우리를 내려줬다. 가기 싫다는 말을 열 번도 넘게 했을 텐데 경이는 막무가내였다. 손목을 잡고 놔주지를 않았다. 아무도 가지 않은 길에 발자국을 꾹꾹 남기며 경이는 앞섰고 나는 그 발자국에 발을 포개고 잠자코 따라갔다. 이상했다. 바람이 불었는데, 눈이 뺨과 목에 닿았는데, 하나도 차갑지 않았다.

“눈 정말 푸지게도 온다.”

옆자리 김 씨가 휠체어 바퀴를 능숙하게 밀며 부드럽게 내 침대로 왔다. 티브이를 보던 맞은편 박 씨도 티브이를 끄고 목발을 짚고 창가에 다가섰다. 셋은 잠시 멍하니 바깥을 감상했다. 김 씨가 손을 들어 저 어딘가를 가리키며 말했다.

“저기 보이는 저 흐릿한 것이 관악산이고 이렇게 내려오면 낙성대. 그다음이 봉천이고 여기는 사당. 이 근처가 원래 기가 좋아. 하늘을 받드는 곳이고 별이 떨어진 곳이니까 말 다 했지. 여기에 사당이 있었다는데 얼마나 유명했으면 동네 이름이 사당이겠어. 역 이름도 사당역이고. 좋은 곳에 있으니까 우린 금방 좋아질 거야.”

박 씨는 김 씨의 말에 오, 오, 소리를 내며 의미심장한 표정으로 고개를 끄덕이다가 말했다.

“봉천 위가 신림인데 거기는 신이 임재했다는 뜻일까?”

김 씨는 단호한 얼굴로 고개를 저었다.

“신림. 새로운 숲.”

아, 박 씨는 멋쩍은 듯 어색하게 웃다가 갑자기 두 손을 모으고 눈을 감고 고개를 숙였다. 나와 김 씨는 박 씨의 기도가 끝날 때까지 조용히 기다려줬다. 저 눈을 다 맞고 쌓인 눈을 꾹꾹

밟으며 여기까지 왔다가 다시 돌아갔을 경이 생각에 마음이 일렁거렸다. 김 씨는 창가에 서서 고개를 들고 멍하게 눈구름을 보고 있었다. 무슨 생각을 하고 있을까. 쓸쓸하고 서글픈 표정. 김 씨의 사정은 하나도 모르지만 그냥 마음이 아팠다. 기도가 끝난 박 씨의 표정은 눈에 띄게 밝아졌다. 나는 물었다.

"무슨 기도 했어요?"

"애들 잘되라고. 불쌍한 것들이 요즘 힘이 다 빠져서 얼굴이 아주…… 내 힘으로 할 수 있는 것이 없으니까. 잘 봐달라고 빌었지."

박 씨와 김 씨가 재활치료를 받기 위해 자리를 비워 혼자 남은 병실. 경이가 두고 간 플라스틱 반찬 통의 뚜껑을 열었다. 다 식은 축축한 문어빵에서 단내가 났다. 문어를 친구들과 나눠 먹었다고 했다. 두고두고 먹으려고 데쳐서 냉동실에 보관했다고 했다. 나 먹이겠다고 한가득 빵을 구워 왔다. 병실 사람들 다 맛있게 먹었고 간호사도 맛있다고 엄지를 들어 보였다. 뿌듯하고 행복 비슷한 것이 잔잔하게 느껴졌다. 내 속에서 나왔지만 속을 모르겠는 내 딸 경이. 식성과 걸음걸이는 지 아빠를 닮고 불편한 사람과 있을 때 어색하게 웃는 표정은 날 닮았지만 때로는 누구도 닮지 않아 통 모르겠는 까만 눈동자. 깊은 우물 속에 뭐가 있나 싶어 들여다보면 보이는 건 수면에 비친 내 얼굴. 문어빵을 입에 넣고 눈을 감고 천천히 씹었다. 살면서 지겹도록 문어를 먹었는데 이렇게 고소하고 달콤한 문어는 처음이었다. 김 씨는 문어를 먹으면 머리가 좋아진다고 했다. 문어는 글월문 자를 쓰기 때문에 생각이 많고 나름대로 언어도 있을 거라고 했다. 먹물을 뿜는데 그걸로 글을 쓰기도 한다고. 약간 뻥도 있는 것 같았지만 그럴듯했고 어떻게 그런 걸 다 아냐고 했더니 옛날에 한문 선생이었다고. 왜 지금은 아니냐는 말에 김 씨는 대답하지 않았다. 쓸쓸한 얼굴. 어쩐지 알 것도 같았다. 똑똑한 사람의 말이니까 맞겠지. 문어빵 하나 먹고 이렇게 생각이 많아지는 것을 보니 정말로 그런 효능이 있는지도 모른다. 입 안이 따뜻했다. 계속 씹으면 봄이 올 것 같고 더 오래 씹으면 꽃도 필 것 같다. 창밖. 여전히, 고요히, 어쩌면 영원히, 눈이 쏟아지고 있다. 이렇게 보니 내가 하늘의 언저리 어딘가에 둥둥 떠 있는 것 같다. 하늘에게, 하늘에 있는 거룩한 누군가에게, 무엇이든 빌고 싶은 마음. 문어빵 맛이 다 사라지기 전에 눈을 감고 기도했다. 가만가만 경이의 이름을 불러봤다.

바깥에서 바깥 보기

Ingredients

- 마음(결심)

How to cook

눈이 펑펑 오는 겨울. 바람이 매섭게 부는 겨울. 추워 죽을 것 같은 겨울. 패딩을 입고 목도리를 두르고 장갑을 낀다. 백팩을 준비하고 기호에 맞게 안을 채운다(필자의 경우 책과 노트북). 헤드폰을 착용하고 바깥으로 나간다. 겨울에 걸맞은 음악을 재생하고 눈보라를 뚫고 앞으로 앞으로 걷는다. 창문이 큰 카페를 찾는다. 1층보다는 2층, 2층보다는 3층이 좋다. 창가에 앉아 장갑을 벗고 목도리를 벗고 가방을 내려놓는다. 뜨거운 커피를 마시며 창을 통해 바라본 바깥은 근사할 것이다. '세상에, 저 눈 좀 봐. 이 추위를 뚫고 왔어.' 여기까지 온 것이 아까워서라도, 꼼짝도 하기 싫은 추위를 이기고 움직인 것이 대견해서라도, 뭐든 하겠지. 하고 싶겠지. 잘하고 싶겠지. 그러면 기분도 마음도 좋겠지? 운이 좋다면 마음의 얼음이 쩡, 갈라지는 소리를 들을 수도 있겠지. 무브. 무브.

TIP 작가의 다른 책 더 읽어보기

정용준

지은 책으로 소설 《가나》 《바벨》 《우리는 혈육이 아니냐》 《프롬 토니오》 《유령》 《이코》 《세계의 호수》 《내가 말하고 있잖아》 《선릉 산책》 《저스트 키딩》, 동화 《아빠는 일곱 살 때 안 힘들었어요?》, 산문집 《소설 만세》가 있다.

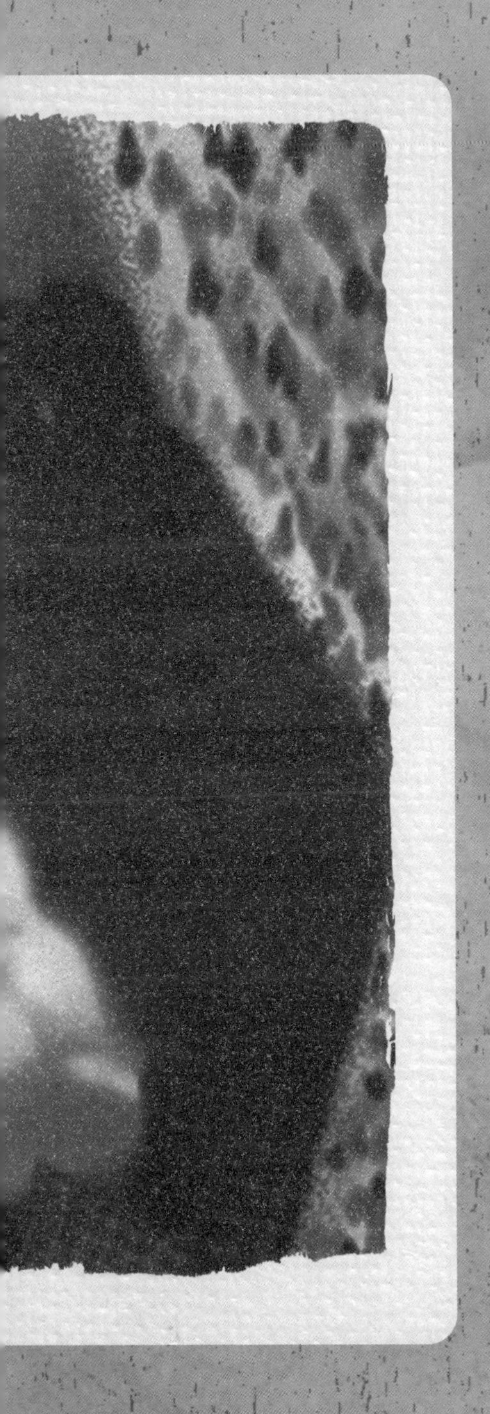

모닝 루틴

은모든

매일 아침 은하는 'L자 다리' 포즈를 취했다. 중력에 반하는 방향으로 하체를 쭉 뻗은 채 그날 해야 할 일을 점검하는 게 하루를 시작하는 루틴이었다. 오전 10시를 넘기도록 늦잠을 자고 일어난 설날 아침에도 정신이 들자마자 엉덩이부터 발뒤꿈치까지를 침대와 면한 벽에 닿도록 뻗는 일에는 변함이 없었다. 다만 그 자세로 해야 할 일이 아니라 하지 않아도 되는 일을 꼽아본다는 점만큼은 평소와 달랐다.

설날인 오늘, 은하는 그 어떤 곳에도 방문하지 않을 참이었다. 껄끄러운 친척을 집으로 맞이할 필요도 없었다. 종일 기름 냄새를 맡으며 무신경한 질문 세례에 억지 미소를 짓는 의무에서 벗어난 것이다. 더 이상 할 필요가 없는 일, 철저히 과거의 경험이 된 일을 하나하나 음미하며 10분을 보낸 후에 은하는 비로소 침대에서 일어났다. 늘 하던 대로 유산균을 챙겨 먹고 미지근하게 데운 물 한 잔을 마셨다. 이제 가벼운 맨손체조를 시작할 차례였다.

민주가 자기 방에서 나온 것은 은하가 어깨 결림을 방지하는 동작을 시작했을 때였다.

"그렇게 매일 체조하면, 확실히 몸이 좋아지는 게 느껴져?" 소파 위에 반쯤 드러누우며 민주가 물었다.

"미세한 정도야. 그런데, 하루 이틀만 안 해도 어깨부터 허리까지 확 뻣뻣해지기는 하더라고."

은하는 같이 하자는 의미로 오른손을 까딱거렸다. 민주는 못 본 척 고개를 돌리려 했지만 똑바로 선 은하가 자기 이마 위에 손바닥을 가져다 대자 "그건 나도!" 하고 외치며 자리에서 일어났다. 거북목을 방지하는 동작을 할 차례였던 것이다.

민주는 5년 차 사서 공무원이었다. 대부분의 사서가 그러하듯 근속 연차 몇 배에 달하는 책벌레로서의 역사를 축적했기에 거북목은 숙명이겠거니 받아들이고 있었다. 하지만 옆모습이 구부정하다는 미관상의 문제를 넘어 두통이 심해지면서 마음가짐이 바뀌었다. 이마를 밀어내는 힘을 버티기 위해 민주는 고개 앞쪽으로 힘을 주었다.

"목에만 힘주면 되는데 넌 꼭 눈에도 힘을 주더라." 은하가 입술을 씰룩이며 웃었다.

민주는 장난스럽게 눈꺼풀을 희번덕거리더니 "누가 우리 사는 거 관찰 예능으로 찍는다 쳐봐? 그럼 분명히 여기가 웃음 포인트가 될 거야"라고 말했다.

역할을 바꿔서 은하의 이마를 밀어준 다음 민주는 내빼듯 싱크대 앞으로 향했다. 원두가 분쇄되는 소음이 커피 향으로 변해 거실 겸 부엌을 향긋하게 채우기까지는 오랜 시간이 걸리지 않았다. 은하는 커피 향기를 들이쉬며 어깨와 팔 근육을 지나 손바닥까지 마사지했다. 마지막으로 온몸을 쭉 뻗어 기지개를 켠 뒤에 식탁 앞에 앉았다. 휴일 오전에 어울리는 음악을 골라 재생하자 민주가 몇 차례 눈꺼풀을 깜빡거리며 기억을 더듬더니 이내 포기한 듯 목소리의 주인공이 누구냐고 물었다.

"앤서니 스트롱."

"맞아, 전에도 내가 물어봤었지? 이 사람 노래는 신나는데 느긋하게 신나. 그게 좋더라."

커피잔이 바닥을 드러낼 즈음 민주가 이런 휴일에는 옛날 영화를 보는 게 제맛이라고 중얼거렸고 은하도 고개를 끄덕여 동의했다. 바로 그 순간 민주에게서 음향 효과라고 해도 믿을 만큼 또렷하고 긴 꼬르륵 소리가 났으므로 둘은 웃음을 터뜨렸다.

“얘가 진짜 어른들 말씀하시는데!” 민주가 자기 배를 꾸짖듯 내려다보더니 자리에서 일어나 냉장고 문을 열었다. “너를 채워줄 게 뭐가 참, 없다. 사과라도 먹을래? 상태가 이 지경이기는 하지만.”

민주가 가져온 사과는 꼭지 근방의 껍질이 말라 쪼글쪼글했다. 은하가 평소보다 껍질을 두껍게 깎았지만 형편없는 식감은 예상대로였다. 맛없다는 생각이 들었지만 불만은 없었다. ‘며느리 시절’의 명절에 비하면 이쯤이야, 하며 은하는 푸석거리는 과육을 꼭꼭 씹어 삼켰다.

“한 3년 안 만들고 안 먹으니까 명절 음식이 땡기네.” 민주가 말했다. “냉장고 파먹기도 좋지만 시기를 잘못 정했나 봐. 오늘은 마트도 영업 안 할 텐데.”

“설 당일인데 마트도 하루는 쉬어야지, 그럼.”

“지당하신 말씀입니다. 그리고 신에게는 아직 열두 척의 라면이 남아 있습니다. 그중 두 개는 비빔면임을 아뢰오.”

“아침이니까 안 매운 걸로 먹고 영화 보자.” 은하는 그렇게 말하고 거실 벽에 세팅할 프로젝터를 꺼내며 덧붙였다. “아무 생각 안 하고 볼 수 있는 영화로.”

함께 볼 영화는 민주가 골랐다. 어떤 것을 골랐는지 라면을 먹는 동안에 맞춰보라며 민주는 힌트를 건넸다. 제인 오스틴의 고전에서 모티프를 따온 로맨틱 코미디라는 설명에 은하는 바닥을 끄는 길이의 풍성한 드레스와 무도회의 이미지를 떠올렸다. 민주는 현대 배경이라는 사실을 강조하더니 두 번째 힌트라며 가냘픈 여배우를 잠깐 보통 체형으로 만든 뒤에 과체중 노처녀라고 호들갑 떠는 설정임을 밝혔다.

은하는 헛웃음을 지었다. "로맨틱 코미디 중에 그런 거 은근 많잖아."

"그럼, 일기." 민주가 어서 대답하라는 듯 손끝을 까딱거렸다. "아이참. 콜린 퍼스 출세작 있잖아. 드라마 말고 영화."

"아, 〈브리짓 존스의 일기〉!"

"그래. 내가 엊그제 《오만과 편견》 연체한 이용자한테 독촉 전화를 걸었거든. 얘기해 주고 싶더라. 아직도 못 읽었으면 그만 반납하고 그냥 드라마 판을 보라고. 아니면 드라마 판 보고 필받은 작가가 썼다는 〈브리짓 존스의 일기〉도 영화로 있다고."

영화는 주인공 브리짓 존스가 "모든 일은 내가 싱글로 맞이한 서른두 번째 설날에 시작되었다"라는 대사를 읊조리며 터덜터덜 본가로 향하는 장면으로 시작되었다. 물론 영국 영화이므로 음력설이 아니라 1월 1일이기는 하지만 무례한 간섭과 질문 세례가 낯익은 풍경을 연출했는데, 심지어 브리짓은 삼촌이라고 부르는 이에게 성추행까지 당했다.

"제사 안 지내봤자, 저기도 지옥이구나." 민주가 안고 있던 쿠션을 화면 방향으로 내던지며 말했다. "상대적 박탈감의 반대는 뭐라고 하는 게 맞을까? 지금 내가 느끼는 게 그런 감정 같은데. 아니, 음식은 또 왜 저 모양이야. 누가 영국 아니랄까 봐. 저게 명절 음식이냐고."

화면 속 브리짓이 자기 접시 위에 칠면조가 들어간 카레를 뜨고 있었다. 영국에서는 실제로 명절에 칠면조 카레를 즐기는 것인지 코미디를 위한 설정인지 은하는 알 도리가 없었다. 어쨌든 입맛을 돌게 하는 구성으로 보이지는 않았고, 둘은 아무 생각 없이 보기 위해 고른 것치고는 눈살을 찌푸리게 하는 장면이 연이어 나오는 영화를 보는 둥 마는 둥 하며 명절 음식에 관해 이야기했다.

30대가 되기 전까지 담백한 동태전을 가장 좋아했던 민주는 자취한 세월이 길어지면서 점점 더 나물 맛에 눈을 뜨게 되었다. 갓 무친 나물은 어떤 고급 요리와도 바꾸지 않을 맛이라는 데 은하도 동의했다. 하지만 가장 좋아하는 명절 음식, 아니 겨울 음식을 꼽으라면 변함없이 직접 빚은 만두였다.

할머니 생전에 은하네 가족은 설 연휴가 시작되는 날이면 한자리에 모여서 잘게 썬 숙주와 당면을 듬뿍 넣은 담백한 만두를 빚었다. 할머니를 따라 왕만두로 빚는 사람, 반죽에 김치를 더하는 사람, 피 없이 굴림만두를 만드는 사람, 이렇게 제각각이었으므로 설에 먹는 떡만둣국도 취향에 따라 형태가 달랐다. 이튿날 아침 만둣국이 담긴 냄비에서 자기 몫을 뜰 때면 은하는 크기와 모양이 다양한 만두를 종류별로 빼놓지 않고 담는 데 열을 올렸다. 그러면 할머니가 대접 가득 뜬 만둣국 위로 갓 구운 김을 손으로 찢어서 뿌려주었다. 파래김의 구수한 향이 퍼진 국물 먼저 한 입 먹고 만두를 베어 물 때면 "그거 한 그릇 다 비워야 한 살 더 먹는다. 천천히 많이 먹어"라면서 뿌듯한 미소를 짓던 할머니. 어린 시절에 은하는 떡만둣국을 다 비워서가 아니라 할머니의 그 말 덕분에 비로소 한 살 더 나이가 드는 것처럼 느꼈다. 따라서 언젠가부터 나이에 맞는 삶을 살고 있는 것인지 자신할 수 없는 이유는 더 이상 할머니의 그 말을 듣지 못한 데서 연유하는 것인지도 몰랐다.

민주는 말이 나온 김에 내일은 장을 봐서 만두를 빚을까 했지만 은하가 대답하기도 전에 귀찮아서 안 되겠다고 스스로 갈무리했다. 다음 순간에는 도저히 더 못 보겠다며 손바닥을 들어 자기 눈을 가렸다. 영화에서 관객의 웃음을 노리는 방식이 주인공 브리짓이 실수하고 창피를 당하는 것으로 점철되어 있었으므로 은하도 피로감을 느끼던 참이었다.

"아이고." 민주가 한숨 섞인 탄식을 내뱉었다. "지구에 외계인이 와서 정서 교육할 일 있으면 교재로 써도 되겠다."

"로맨스가 이런 거라고 가르치게?"

"아니지." 얼굴에서 손을 내린 민주가 실눈을 뜬 채 대꾸했다. "공감성 수치가 뭔지 가르칠 때 써야지. 이 영화가 이 정도였나? 19세기에 나온 《오만과 편견》 주인공은 나름 엄청 야무진 여잔데, 21세기에 그걸 모티프로 한 얘기가 이게 뭐야? 내가 제인 오스틴이었으면 이거 개봉했을 때 관 뚜껑 열고 나왔다, 진짜."

화면 속에서 두 남자 주인공이 몸싸움을 시작하자 민주는 이 장면의 배경음악만큼은 좋아했다며 흥얼거리면서도 정말이지 더는 못 봐주겠다며 영화를 껐다. 조용해진 집 안에 방금 전까지 영화에서 흐르던 노래를 이어 부르는 민주의 목소리가 울려 퍼졌다. "이츠 레이닝 맨, 할렐루야 이츠 레이닝 맨 아멘." 은하는 하늘에서 비가 오듯 떨어진다면 남자 말고 만두나 떨어졌으면 좋겠다고 생각하며 입맛을 다셨다. 목이 말랐지만 물을 가지러 가기조차 귀찮았으므로 다음 영화를 선택하는 일도 민주에게 맡겼다.

"그럼, 오랜만에 홍콩 영화 어때?"

민주가 〈중경삼림〉을 재생시키자 현악기의 선율과 더불어 끊임없이 흔들리는 화면 속에 홍콩의 뒷거리 풍경이 펼쳐졌다. 트렌치코트와 금발 가발, 선글라스로 정체를 숨긴 임청하가 등장하고, 앳된 얼굴의 금성무가 그녀와 스치며

57시간 후 나는 이 여자를 사랑하게 된다

라는 내레이션이 흘러나오자 민주는 다시금 쿠션을 던질 듯

집어 들었다가 둘의 얼굴을 봐서 봐주겠다며 손길을 거뒀다.

민주를 자극한 그 대사를 빌려 전하자면

3시간 후 은하와 민주 앞으로는 직접 빚은 만두가 뚝 떨어지게 된다.

물론 이 시점에서 둘은 다가올 미래를 알지 못한 채 화면에 시선을 집중하고 있었다. 쿠션을 도로 등 뒤에 받힌 민주는 반듯이 앉아 있고 은하는 당장이라도 낮잠에 빠져들 법한 비스듬한 자세였다. 은하는 지루해서 잠이 오는 영화를 굳이 찾아보는 편은 아니었지만 취한 듯 몽롱한 상태가 되어 반쯤은 졸면서 볼 수 있는 영화는 좋아했고, 〈중경삼림〉은 후자에 속했다. 홍콩 거리의 습기가 어려 손을 가져다 대면 물기가 배어 나올 것만 같은 화면의 질감과 나른한 엇박자의 노래를 듣는 듯한 광둥어 대사는 은하를 비몽사몽 상태로 이끌었다. 잠깐 졸다가 깼더니 언제 두 번째 파트로 넘어갔는지도 모르게 등장인물이 왕비와 양조위로 바뀌어 있었는데, 그 점을 의식한 지 얼마 되지 않아서 영화는 마지막 장면에 다다랐다.

"어디로 가고 싶어요?" 하는 질문에 "어디든, 당신이 원하는 곳으로"라는 대답. 이어서 상쾌한 배경음악이 흐르며 엔딩 크레디트가 등장하자 민주는 거실 창의 커튼을 걷었다. 겨울 오후의 뭉근한 햇살을 등지고 선 민주가 "어디든, 당신이 원하는 곳으로"라고 마지막 대사를 따라 하며 양팔을 쭉 뻗어 기지개를 켰고 은하는 모로 누워서 그 모습을 바라보는 것만으로 자기도 기지개를 켠 것만 같았다. 낮잠을 자다 깬 터라 다시 새로운 하루가 시작된 듯 개운했고 슬슬 허기가 졌지만, 소파에 몸을 구부리고 누운 자세에서 손가락 하나 까딱하고 싶지 않았으므로 은하는 그렇게 했다.

"좀 더 잘 거야?" 민주가 물었다.

"아니."

"그냥 늘어져 있고 싶구나."

은하는 대답 대신 배시시 웃었다. 민주는 편의점에라도 다녀오겠다며 외투를 걸치고 왔는데 때마침 성지가 셋이 함께 있는 단체 대화방에 사진 한 장을 보내왔다. 초점이 조금 흔들린 상태였지만 프레임에 꽉 차도록 큰 채반에 담긴 게 각종 전이라는 사실을 알아보지 못할 정도는 아니었다. 집 안을 장악하고 있을 식용유 냄새가 짐작되어 은하는 한숨이 나왔는데, 그 순간 초점이 잘 맞은 사진이 새로 전송됐다. 맨 왼쪽에 있는 굴전과 새우전은 한눈에도 알이 실한 재료로 만든 것이었다. 노릇노릇하게 구운 애호박전 옆에 있는 것은 고기소를 채운 고추전이었다. 정갈하게 길이를 맞춘 꼬치전 옆으로는 민주가 가장 좋아하는 동태전이 보였다.

이어지는 성지의 메시지는 '그러게 내가 발리에 같이 가달라고 했잖아!'라는 투정으로 시작했지만 뜻밖의 부탁으로 마무리되었다. 명절 음식을 넉넉히 챙겨 갈 테니 오늘 하룻밤만 재워달라는 것이었다. 그제야 은하는 소파에서 튀어 오르듯 일어났다. 민주가 어서 오라는 메시지를 적는 동안 환기를 시키고 청소기부터 돌렸다.

한 시간 후, 양손에 쇼핑백을 들고 있는 성지를 먼저 발견한 것은 조수석에 앉은 민주였다. 은하가 클랙슨을 울리자 성지가 길을 건너왔다. 짐의 무게 때문인지 종종걸음이었다.

"누구 공격이야?" 성지가 차 안으로 들어오자 민주는 대뜸 그렇게 물었다. "어떤 친척이 뭐라고 속을 뒤집었길래, 설날에 이렇게 뛰쳐나왔어?"

"어르신이 아니라 조카. 조카 때문에 울면서 뛰쳐나왔어. 믿기니?" 성지가 대꾸했다.

은하는 울었다는 말에 놀라 뒷좌석을 돌아보았다. "너 진짜 울었어?"

"응. 여섯 살짜리 한마디에 눈물이 나오더라." 성지가 거듭 강조했다.

3년 전에 이혼 절차를 마무리한 은하는 나고 자란 천안으로 돌아와 마침 본가에서 독립을 준비하고 있던 민주와 함께 집을 얻었다. 그 후 식빵 전문점 창업이 이어지며 어느새 자연스례 명절의 의무에서 벗어나게 되었다. 대신 봄과 가을이면 부모님과 함께 꽃구경을 하러 가고 온천에 다녀왔다. 그 정도는 마음이 내켜서 할 만했다. 은하와 같이 살게 되면서 민주도 영향을 받았다. 단 가족 여행을 기획할 엄두는 나지 않아서 명절 한 주 전에 부모님 댁 근처에서 외식을 하고 엄마에게 용돈이 든 봉투를 건넸다. 이대로 정말 결혼을 안 할 거냐는 부모님의 질문에 매번 "정말 안 하고, 평생 안 해. 은하랑 잘 산다니까" 하고 잘라 말했더니 잔소리의 농도도 미약하나마 서서히 줄어드는 중이었다.

두 친구의 명절 탈출에 성지도 동참하고 싶어 했다. 동갑인 사촌이 결혼을 앞두고 있던 지난해 추석에는 폭발 직전까지 내몰렸다고 해도 과언이 아니었던 것이다. 이제는 성지가 갈 차례라는 말이 모든 친척의 입에서 쏟아졌다. 상대가 있어야 결혼을 하죠, 라고 대답하기도 지쳐서 돌아오는 설 연휴에는 발리에 가기로 결심했다며 성지는 민주와 은하에게 동행 여부를 물었다. 둘 다 거절하자 혼자라도 감행할 참으로 계획을 세웠다.

하지만 여행 후기를 읽을수록 성지의 마음 한편에는 하지도 않은 일에 대한 죄책감이 피어올랐다. 엄마는 성지가 오지 않는다고 해서 음식의 양을 줄일 사람이 아니었으며 남동생 부부는 둘 다 요리에 서툴렀다. 게다가 남동생의 아내는 만삭의

봄이었다. 자신이 풀 사이드 바에서 한가로이 칵테일을 홀짝거릴 시간에, 엄마가 허리 한번 제대로 펴지 못하고 일하는 모습을 그리다 성지는 결국 마음을 고쳐먹었다. 부모님이 살아계시는 동안에는 어쩔 수 없지만, 자기 대에는 제사를 일절 물려받지 않겠다는 남동생의 설득도 한몫했다. 그러니 엄마가 제사상과 차례상을 차릴 기운이 남아 있는 동안, 앞으로 조금만 더 부모님의 원대로 명절을 보내자며 간청했던 것이다. 지는 밤껍질밖에 안 까는 주제에 입은 살아서, 하고 언짢았지만 명절의 의무가 유한한 굴레라는 데에는 일리가 있다고 성지도 동의했다. 엄마가 일흔을 넘긴 후부터 그 많은 음식을 하고도 정작 본인은 잇몸이 욱신거리고 소화가 잘 안 된다며 탕국에만 밥을 뜨는 둥 마는 둥 하기 일쑤였기 때문이었다. 가슴 아프지만 언젠가는 엄마를 만나고 싶어도 만날 수 없으리라는 것, "집에 김치는 있어? 알지? 엄마는 그저 항상 너희 걱정뿐이야" 라는 목소리를 더 이상 들을 수 없는 날이 닥칠 거라는 사실만으로도 성지는 아득한 마음을 가눌 길 없었다. 그러니까 앞으로 조금만 더, 하고 다짐하면서도 연휴가 아까워 눈물이 날 지경이었다.

"그렇게 참은 눈물을 조카가 뽑아냈다니 웬일이야." 민주가 물었다. "도대체 뭐라고 했길래?"

성지는 풀 스토리 공개 전에 기름 냄새가 밴 머리를 감고 싶다며 욕실로 향했다. 은하와 민주는 상을 차리고 있자며 음식 꾸러미를 펼쳤다. 밀폐 용기 위에 늘어선 과일 중에 사과가 어찌나 실한지 배보다 더 컸다. 전이 담긴 칸을 연 민주는 환호성을 지르며 동태전부터 입에 넣었고 은하는 꼬치전을 집어 들었다. 다섯 가지 전의 아래 칸에는 튀김이 자리했다. "아이고, 식용유가 강처럼 흘렀겠네." 오징어와 고구마, 야채튀김을 보며 민주가 혀를 내둘렀다. 통깨를 넉넉히 뿌린 삼색나물은 각각 다른 밀폐 용기에 담겨 있었다. 게다가 맨 아래 칸에는 직접 빚은 게 분명한 만두가 보였다. 세상에. 은하의 입에서 탄성이 비어져 나왔다.

"신에게는 이제 막걸리냐, 맥주냐 하는 고민이 닥쳤는데……."
민주가 눈을 홉뜨며 고개를 갸웃했다. "둘 다 사 오도록 하겠습니다."

민주가 편의점에 다녀오는 동안 은하는 전과 튀김을 데우고 속이 느끼할 성지를 위해서 비빔면을 끓였다. 멍한 얼굴로 머리에 수건을 두르고 나온 성지의 얼굴에 드디어 미소가 번졌다.

맥주 한 잔과 함께 비빔면을 뚝딱 해치운 성지는 민주에게 궁금한 것이 있다고 했다. 그것은 다름 아닌 안정적인 직장에 근무하는 이의 소회였다. 정년을 맞을 때까지 자리가 불안하지 않다는 데서 오는 안정감과, 지금의 업무를 끝없이 반복해야 한다는 갑갑함 중에 어느 것이 더 큰지 성지는 듣고 싶어 했다.

"우리 업무는 보기보다 반복만 가득한 편은 아닌 거 같아. 가을처럼 도서 행사 많을 때는 더하고."

"하긴, 너 요즘에 완전 기획자 같더라." 성지가 동의했다.

"행사 준비 빡세지만 잘되면 보람도 있고 그래. 타격감이 제일 큰 건, 전에도 얘기했지만 맨몸으로 총알받이 할 때지. 자기가 반납 안 해서 연체료 쌓아놓고 소리 지르는 사람들도 있고, 민원 넣는 사람도 있는데 그런 사람들 주 레퍼토리가 세금 타령이거든. 너 나랏돈으로 월급 받는데 왜 이렇게 빡빡하게 구느냐는 사람은 양반이고, 민원 올려서 잘라버리겠다, 국회 청원을 올린다, 국민신문고에 글 쓴다, 협박도 가지가지야. 그 사람들 논리대로 나랏돈으로 월급을 받으니까, 협박을 받으면 나라가 나를 보호도 좀 해줘야 될 텐데 그런 건 기대할 수가 없고. 우리 윗분들 방침은 그저 초지일관 알아서 '유도리' 있게 하라는 거니까 기댈 데가 없어. 청원경찰 있는 도서관은 덜하다니 뭐, 관두지 않는 한 할 수 있는 건 거기 발령되기를 기도하는 거밖에 없지."

"기도밖에 할 게 없다니, 중세 시대야 뭐야." 성지가 고개를 툭 떨어뜨리며 말했다.

"그러게, 중세의 긴 어둠을 밝힌 인류의 지혜를 모아놓은 데서 일하면서 우리 은하가 이 고생을 한다." 민주가 은하의 잔을 채워주며 성지에게 물었다. "그런 건 왜 물어? 너 이직 접은 거 아니었어?"

"접은 거 맞아. 막판에 연봉을 깎더라고. 연봉 깎으면서는 못 가겠더라, 이 나이에."

"또라이들." 민주가 인상을 찌푸렸다. "처음부터 말하지. 몇 달씩 간본 다음에 뭐 하는 짓이야."

민주의 말에 성지가 고개를 끄덕였다. 처음 고지한 연봉에서 변동 사항이 생길 줄 알았더라면 애초에 고려할 이유가 없는 자리였던 것이다. 두 계절 가까이 의미 없는 고민을 했다는 허탈함과 동시에 지금의 직장에서 계속 버텨야 한다는 사실이 숨 막힌다고 성지는 말했다.

"그럼 일단 계속 다니면서 또 알아보려고?" 은하가 물었다.

"근데 너무 오래 고민해서 아직 그럴 기운이 안 나."

"아유, 진짜 다 같이 발리라도 갔어야 되는데 내가 아직 5일은 못 쉬는 바람에……." 은하가 얼버무리듯 말했다.

"그래, 5일 쉽지 않지. 우리 회사가 딱 그거 하나는 좋아. 연차 눈치 안 보고 쓰는 거." 성지가 대꾸했다. "그런데 아무리 생각해도 오래는 못 다닐 것 같거든. 어젯밤에 만두 빚으면서도 엄마한테 그 얘기 했어. 우리 회사가 최악은 아닌데 과장 이상은 여자 선배들이 안 보이니까 무섭다고. 근데 알잖아, 엄마가 뭐라고 할지."

"이것아, 그러니까 더 늦기 전에 네 짝을 찾아. 여자 혼자 먹고살기가 그게 보통 일이 아니야, 아 옛말에도……." 민주가 성지 어머니의 어투를 흉내 내자 성지가 소리를 지르며 민주의 어깨를 밀었다.

"내가 큰맘 먹고 솔직히 말했어. 민주는 확고한 비혼이라던데 나는 그렇다고는 말을 못 하겠다고. 이 사람이다 싶고, 평생 같이 살고 싶은 사람이 있으면 한다니까? 그런데 없는 걸 어떡해. 이직하고 똑같은 거잖아. 나도 하고 싶은데 마땅한 뭐가 없으면 당사자인 내가 제일 힘들잖아. 근데 왜 나를 들볶느냐고. 그런다고 뭐가 나아지냐고."

"그랬더니 좀 알았다고 그러셔?" 은하가 물었다.

"그런 걸 다 따지면 결혼 못 하니까 그냥 하래. 해보고 아니다 싶으면 한 번 갔다가 와도 되니까 무조건 하래. 엄마 소원이라고."

민주는 입고 있는 줄무늬 티셔츠의 가슴 부분을 쥐어뜯는 시늉을 했다. 은하는 헛웃음이 나왔는데 성지의 어머니가 하셨다는 말씀이 과거에, 그러니까 '한 번 갔다 오기' 전에 자기 부모님에게 들었던 말과 어쩌면 그렇게 빼닮았나 싶어서였다.

성지는 결국 만두를 빚는 내내 엄마와 말다툼을 벌였다. 또한 오늘 오전에는 결혼정보회사 가입을 권하는 작은 어머니의 회유를 뿌리치느라 진을 뺐다. 텔레비전 화면 속 명절 특선 영화도 한숨을 더했다. 작년에 개봉한 작품이건만 흡사 새마

을운동을 하던 시절에나 볼 법한 세계관으로 진행되었던 것이다. 성지는 마치 한쪽 팔다리만 현재에서 움직이고 다른 쪽 팔다리는 과거에 묶인 채로 살아가는 것만 같다는 생각이 들었다. 그러니 이 순간 자신을 주인공으로 영화를 찍는다면 여러 시간대를 동시에 살아내느라 기진맥진한 여자라는 SF적인 설정이 어울리겠다 싶어 실소가 나왔다. 한편으로는 확고한 의지를 발휘하여 원하던 연기 전공을 관철했어야 했다고 뒤늦게 후회하기도 했다. 부모가 원한 전공을 택하고, 무난한 직장을 얻어도 어차피 이렇게 들볶일 미래를 알았더라면, 원하는 학과와 일 근처에 가서 기웃대 보기라도 했으련만.

울적한 기분으로 침잠하던 성지 앞으로 조카가 다가왔다. 입가에 튀김 부스러기를 잔뜩 묻힌 터라 닦아주려고 티슈를 들었을 때였다. 그 조그마한 입술에서 "고모, 고모는 왜 결혼 안 해?"라는 말이 나왔다. "할머니 할아버지가 걱정하시잖아"라면서 꾸짖는 표정은 제법 진지했다. 그 말을 들은 친척들이 일제히 웃음을 터뜨린 순간, 성지의 인내심은 바닥나 버렸다. 현재를 침범하고 있는 과거의 목소리가 이런 식으로 미래에까지 이어지리라는 비약적인 예감이 스쳤다. 어른들이 수없이 반복한 말을 그대로 따라 했을 뿐인 꼬마를 상대로 화를 낼 수도 없는 노릇이었으므로 도망치듯 욕실 안에 들어가자 눈물이 비어져 나왔다.

눈가를 찬물로 닦아내면서 성지는 화장실에 숨어서 우는 게 입사 첫해를 지난 이래 처음이라는 사실을 깨달았다. 그 순간 떠오른 것이 어느 직장 선배의 이야기였다. 그녀는 서른아홉 살 되던 해에 결혼 문제로 부모님과 다투다 밥상머리에서 문자 그대로 통곡을 했다고 했다. 숨어서 울 게 아니라 온 친척들 앞에서 통곡이라도 하면 속이 시원할까. 하지만 그럴 여력도 없었다. 대신 성지는 한시바삐 서울에 돌아가야만 하는 일이 생겼다고 둘러댔다. 10년 차 직장인으로서 그 정도 거짓말을 지어내는 것은 그다지 어려운 일이 아니었다.

"고생했다, 고생했어." 한 손으로 성지의 잔에 맥주를 채워주며 민주는 목소리를 낮게 깔고 말했다. "이거 마시면 우리 비혼하는 거다?"

"아, 됐어! 나한테 권하지 마. 아무것도 권하지 마!" 성지가 외쳤다.

"알았어. 그럼 술은?"

"술만 권해, 진짜로."

은하가 식은 안주를 데워 오는 동안 민주는 빈 술병을 치우고 맥주를 더 가져왔다. 성지는 그런 두 사람의 모습을 보면서 너희는 호흡이 척척 맞아서 심심할 일도 외로울 일도 없겠다고 말했다.

"언제든지 재워줄게! 주말에 놀러 와."

은하가 건넨 말을 민주가 이어받았다. "맞아. 놀러 와. 넌 우리가 서울 갈 때만 만나줬잖아. 경기도가 세계의 끝이야? 천안은 아예 세계 바깥이야?"

성지가 찜찜한 표정으로 대답을 피했으므로 은하는 회유책을 썼다. 이 동네에 성지가 좋아할 만한 냉면 맛집이 있다고 알리며 전에 방문했을 때 찍은 사진을 보여준 것이다.

"게다가 우리 집은 서비스도 좋아요. 별이 다섯 개!" 과장되게 팔을 흔들며 자리를 떠난 민주가 새 칫솔을 가져와서 성지에게 내밀었다. "이렇게 어메니티도 있단 말씀이야."

민주는 그 후에도 이 집에 방문할 때마다 특별 혜택을 주겠다며 웰컴 드링크라든가 배달 메뉴 우선 선택권, 침대 이용권 같은 아이디어를 냈다.

"거기에 조식 제공 들어갈까? 어때?" 은하가 거들었다.

성지는 뭔가 하고픈 말이 있는 듯 입을 열었다가 아무것도 아니라며 얼버무리더니 민주가 건넨 과일을 베어 물었다. 은하는 하고픈 말 대신 과일을 씹어 삼키는 듯한 성지의 표정이 신경 쓰였다. 그래서 식곤증에 눈이 감길락 말락 하던 민주가 눈 좀 붙이고 나오겠다며 방에 들어갔을 때, 성지에게 뭔가 마음에 걸리는 게 있지 않느냐고 물었다.

성지는 고개를 끄덕였고 자신을 물끄러미 바라보는 은하와 시선이 마주치자 겸연쩍은 듯 웃었다. 그러고는 은하가 결혼을 앞두었을 때의 일을 미안하게 생각해 왔다고 말했다.

"그때 내가 아예 도시락 싸 들고 다니면서 뜯어말렸으면 차라리 덜 미안했을 거 같아. 그럴 게 아니면 그냥 조용히 있을 걸, 네 속만 상하게 했잖아. 계속 좀 걸렸어 그게. 그러다 보니까 여기 오는 것도 자꾸 미루게 되더라고."

"그랬었던가? 난 딱히 기억 안 나는데."

은하는 거짓말을 했다. 결혼 소식을 전했을 때 한동안 말을 잇지 못하던 성지의 얼굴, 참사 소식이라도 들은 양 충격을 받던 그 모습은 여전히 뇌리에 박혀 있었다. 정말 후회 안 하겠느냐고 물은 적도 한두 번이 아니었으므로 잊을 도리가 없었다. 다만 당시에는 직접 알아보고 결정해야 할 일들이 정신없이 몰아쳐서 성지의 언행에 자존심이 상했다는 감정을 붙들고 있을 만한 여유가 없었다.

참으로 하루하루가 일찍이 느껴본 적 없는 속도로 지나가는 날들이었다. 게다가 은하에게는 버겁던 그 속도감이 갱년기를 호되게 나던 엄마에게는 활기를 불어넣어 주는 묘약으로 작용했다. 사업 확장으로 인해 분주하던 예비 남편을 대신하여 은하와 함께 신혼집의 세간을 고르고 각종 예약 절차를 챙기는 동안, 엄마는 전에 없이 에너지가 넘쳤다. 아프던 데가 다 안 아프다고, 이제 좀 사는 것같이 사는 기분이라고 말하며 자주 웃는 엄마를 보면 결혼보다 더한 것도 할 수 있을 것 같다는 생각이 스치곤 했다. 그래서 이따금 불안감이 차오를 때도 당면 과제로 관심을 돌릴 수 있었다. 자신과 남편이 될 사람의 가치관과 성격 차이에서 비롯한 크고 작은 갈등과 오랜 친구의 근심 어린 만류마저 모른 척할 수 있었다. 돌이켜 보면 볼수록 그때 자신의 결정이 얼마나 무모했던가 싶어서 은하는 헛웃음이 나왔다.

이튿날 아침에 눈을 떴을 때 은하는 깊은 안도의 한숨을 내쉬었다. 꿈속에서 전남편과 언성을 높여 다투었던 탓이다. 나는 원래 이렇게 악을 쓰는 사람이 아니었는데, 하고 생각하던 순간이 생생했다. 끈적끈적한 꿈의 여운에서 벗어나기 위해 은하는 자리를 박차고 일어나 동네 마트로 향했다. 조미하지 않은 파래김과 다시마를 집어 들고 되돌아오는 길에는 등을 떠미는 듯한 강풍에 걸음을 서두르는 기분이 나쁘지 않았다. 원래 국물 음식은 추위에 떨다가 먹어야 제맛인 법이니까.

롱패딩 점퍼를 벗자마자 은하는 집에서 제일 큰 냄비에 물부터 받았다. 육수가 끓는 동안에는 후식용 애플파이를 만들기 위해 성지가 가져온 큼지막한 사과를 집어 들었다. 버터를 녹인 프라이팬 위에 잘게 썬 과육을 쏟아 넣은 뒤 꿀과 미량의 소금, 계핏가루를 넣고 졸이자 온기를 품은 달콤한 냄새가 집 안 전체로 퍼져나갔다. 드물게 대량 주문 예약이 들어오는 날이 아니면 매일 지키는 모닝 루틴을 깬 것이 아깝지 않을 만큼 군침이 도는 향이었다.

사과가 바특하게 졸여졌을 즈음 민주가 먼저 방에서 나왔다. 성지는 이게 무슨 맛있는 냄새냐고 잠기운이 묻은 목소리로 묻기만 했다. 그러다 도저히 못 견디겠다며 부엌으로 나온 시점은 두 줄로 늘어선 여덟 개의 애플파이가 막 오븐에 들어간 후였다.

“대박이다. 조식 제공이 진짜였어?”

성지는 어안이 벙벙한 얼굴로 아침부터 정말로 빵을 구워주다니 도대체 몇 시에 일어난 거냐고 물었다. 감탄을 넘어 감동한 듯한 성지에게 구태여 새 메뉴를 연구하기 위해 냉동실에 쟁여둔 생지가 있었다는 말을 할 필요는 없으리라고 여기며 은하는 애플파이는 디저트일 뿐 메인은 따로 있다고 일렀다.

“그러니까 우리 집에 자주 오라고.”

민주는 일부러 성지의 귓가에 속삭이듯 “별이 다섯 개!” 하고 덧붙인 뒤 원두를 갈았다. 달콤한 빵 냄새 사이로 커피 향이 피어오르자 성지는 나른한 음성으로 “도대체 이 세상에 행복이 어디 있나 싶더니만 여기에 있었네, 이 집에” 하고 말했다. 성지 앞으로 커피잔을 놓으며 민주는 다시금 “이거 마시면……” 하고 말문을 열었지만 뒷말은 잇지 않고 깔깔 웃기만 했다.

은하는 육수의 간을 본 뒤 왼손으로 오른쪽 어깨를 두드리면서 모닝 루틴을 건너뛴 대가를 실감했다. 하지만 연휴의 마지막 날은 이제 막 시작된 참이었다. 스트레칭을 할 시간이야 얼마든지 있다고 안심하며 냉장고로 향하려는 순간, 눈이 마주친 민주가 알아들었다는 듯 고개를 까딱거리더니 떡과 만두를 꺼내 왔다.

"너희 만두 몇 개씩 먹을 거야?"

은하의 질문에 성지가 잠시 고민하는 사이, 민주가 한껏 그윽한 눈빛으로 은하를 바라보며 어제 본 영화 속 대사를 빌려 대답했다.

"몇 개든, 당신이 원하는 만큼."

올해의 발견

Ingredients

- ㅁ 배경음악
- ㅁ 트리 전구
- ㅁ 칵테일

How to cook

네다섯 명이 둘러앉으면 꽉 차는 거실 넓이의 한계로 홈 파티를 자주 즐기지는 못하지만 겨울이면 집에서 한두 번쯤 송년회를 가지곤 합니다. 창가에 둘러놓은 트리 전구를 켜고, 옛날 재즈곡을 틀어놓고서 테이블 위에 술잔을 놓을 때면 어떤 화제로 이야기를 나눌까 그려보기도 하는데요. 몇 해 전부터 저는 각자 '올해의 발견'이라고 할 만한 것이 무엇이냐고 묻는 일을 즐기게 되었습니다.

오래도록 마음에 자리할 울림을 준 작품, 여태 잘못 알고 있었던 뜻밖의 사실, 새로 알게 된 후 홈빡 빠진 레시피, 플레이 리스트에 추가한 뒤 수없이 재생시킨 노래, 그중에 무엇이든 좋다고 운을 떼면 한두 시간쯤은 훌쩍 흐르더라고요.

올해 제가 새로 알게 되어 플레이 리스트에 담은 음악 중에는 얼마 전에 다녀온 자라섬 재즈 페스티벌(무려 제20회!)에서 알게 된 곡의 비중이 높습니다. 그중에서도 손에 꼽는 노래는 김동기 밴드의 〈별 헤는 밤〉이라는 곡이에요. 제목과 더불어 별 하나의 추억, 별 하나의 사랑, 별 하나의 고독……으로 이어지는 시 구절을 가사에도 차용했는데요. 청아한 재즈 기타의 선율과 보컬의 음색을 들으면 언제 어디서나 별빛이 또렷하게 비치도록 맑은 밤하늘 아래 선 기분에 젖게 됩니다.

그런가 하면 연극 무대의 '젠더 프리 캐스팅' 시도를 다룬 기사를 접하고 궁금하던 차에 실제로 젠더 프리 캐스팅이 이루어진 연극 무대를 관람하게 된 것도 잊지 못할 경험이었습니다. 홍길동전을 집필하던 당시 허균의 삶을 조명한 극중극, 이 극중극에 출연하는 배우와 집필한 작가의 현실, 홍길동전의 내용까지 여러 층위가 교차하며 진행되는 연극 〈홍길동전, MZ 허균의 율도국 탈출기〉라는 공연을 통해서였는데요. 미니멀한 무대 위에 평상복을 입고 등장한 배우들은 고도의 집중력을 발휘해 극중극의 안과 밖, 조선 중기와 현재를 오가며 일인다역을 소화해 냅니다. 리드미컬하게 시공간을 넘나드는 설정 속에서 성별이 다른 인물을 연기하는 모습 역시 자연스럽다는 말이 불필요할 만큼 자연스레 극에 녹아들었고요.

극장 밖으로 나와서 성북천을 걸으며 올봄에 여행한 강릉의 풍경을 떠올렸습니다. 당시에는 역시 올해의 발견 중 하나인 단오제를 즐기는 일에 흠뻑 빠져서 강릉의 다른 지역까지 살피지는 못했는데요. 다음번에 강릉을 찾을 때는 허균과 허난설헌의 자취를 더듬어보아도 좋겠다는 생각이 들었습니다. 어쩌면 시대와 제도가 그어놓은 한계 너머의 세상을 염원하던 마음의 조각을 발견하게 될지도 모른다고 기대하면서요.

TIP 작가의 다른 책 더 읽어보기

은모든

지은 책으로 소설 《애주가의 결심》 《꿈은, 미니멀리즘》 《안락》 《마냥, 슬슬》 《모두 너와 이야기하고 싶어 해》 《오프닝 건너뛰기》 《우주의 일곱 조각》 《선물이 있어》 《감미롭고 간절한》 《한 사람을 더하면》이 있다.

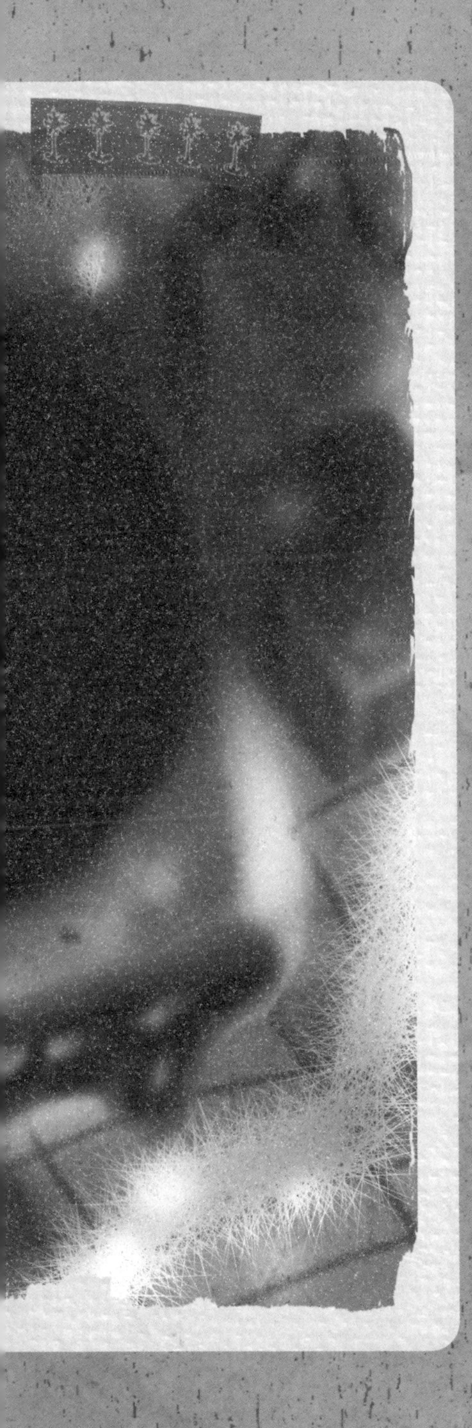

포토메일

예소연

벽을 바라보면 벽이 아주 천천히 다가오고 있었고 곧잘 견딜 수 없는 기분에 사로잡혔다. 그럴 때면 애인에게 지금 내가 보고 있는 것에 대한 해답을 구하곤 했다. 벽이 다가오고 있지 않아? 애인은 다가오는 벽이 있다면 그건 네가 네게 집중하고 있는 것에 지나지 않는다고 이야기해 주었다. 어쨌든 우리는 채비를 했다. 밤이었고 사고 싶은 물건은 정해져 있었다. 나는 나의 애인 희민에게 삼나무 책장을, 희민은 나에게 천연 라텍스 매트리스를 사주기로 했다. 오래된 약속이었다. 그래서 아케이드에 가기로 했다.

양말을 신은 뒤 패딩을 입고 목도리를 두르고 마스크를 쓰는 동안 나와 희민은 어떤 이야기도 나누지 않았다. 쓰고 갈 모자를 고르다가 문득 텔레비전 소리에 귀를 기울이게 되었다. 〈유희열의 스케치북〉 특집 방송을 하고 있었다. 〈이문세쇼〉를 시작으로 〈이소라의 프러포즈〉와 〈윤도현의 러브레터〉를 거쳐 〈유희열의 스케치북〉이 방영되기까지. 그간 방송을 맡았던 모든 MC가 나와 추억을 되새기는 내용이었다. 먼저 채비를 다 하고 멍하니 앉아 화면을 바라보던 희민이 말했다.

"장국영이 나오다니."

"어디에?"

"프러포즈에."

"말도 안 돼."

화면 속에서 이소라와 장국영이 함께 블루스를 추고 있었다. 마흔두 살의 장국영이었다. 우리가 기억하는 장국영의 모습은 그렇게 늙지 않았는데. 이소라는 중년이 된 장국영의 모습 속 여전히 젊은 장국영을 떠올리는 듯 볼이 붉었다. 내가 말했다.

"나도 저 당시 이소라를 기억해."

"아주 어렸을 텐데."

"이소라가 〈제발〉이라는 노래를 부르면서 울었어. 세 번의 시도 끝에 울지 않고 노래를 끝까지 부를 수 있었어. 울 때마다 사람들이 손뼉을 쳤고 엄마도 그걸 보면서 울었어. 응원이랍시고 박수를 보내는 사람들이 소름 끼친다고. 그때 엄마 배 속에는 재하가 있었는데."

밖으로 나오니 할머니는 부엌 바닥에 앉아 물에 만 밥 위에 나박김치를 얹어 먹고 있었다. 소주도 꼴꼴 따라 마셨다. 할머니 우리 갔다 올게. 그러자 할머니가 나를 노려보면서 말했다. 너넨 맨날 그딴 식이야. 내 기분 따윈 생각도 안 해. 나는 엄지로 할머니 입 주변에 묻은 고춧가루를 닦아주었다. 그러자 할머니는 화를 내다 말고 혀로 입술을 쓸었다. 할머니는 종종 내게 그딴 식으로 사람을 대하지 말라고 했다. 할머니는 그런 식이라는 말을 그딴 식이라고 잘못 사용했다. 그 말이 묘하게 기분이 나쁘면서도 그럼 좀 어때, 라는 마음을 불러일으켰고 그러다 보면 정말 그딴 식이 아닌 다른 식이 나올 수도 있겠다는 생각이 들었다. 그러니까 결국 나를 찌르는 말은 그런 식이 아니라 그딴 식이라는 말이 아니겠는가? 어떻게 맨날 똑같은 소리가 나와? 왜 항상 화가 나 있어. 술은 이제 그만. 그러자 할머니가 나를 쏘아보며 소주병을 품에 안았다. 사실 나와 희민은 할머니가 술을 마시든 말든 포기한 지 오래였다. 그래서 그런 할머니를 뒤로하고 밖으로 나섰다. 공기가 몹시 차가웠고 차라리 그편이 나았다. 할머니는 너무 덥게 살았으니까.

*

재하는 컴퓨터공학과를 나와 웹개발자가 되었다. 모 기업의 제주도 지사에 발령이 난 후 서귀포시에 살며 이따금 귤을 보내오긴 했다. 하지만 직접 육지에 오지는 않았다. 그런 지 3년이었다. 처음 1년간 할머니는 별다른 말을 하지 않았다. 하지만 이후 나에게 종종 재하의 의중을 떠보기 시작했고 최근 들어서는 오래전 끊은 술을 다시 마셨다.

할머니는 비행기를 타지 못했다. 젊었을 때 영화관에서 태평양전쟁에 관한 무성영화를 본 적이 있었는데, 비행기가 격추되는 장면에서 할머니는 영화관 사방의 벽이 무너지는 기기묘묘한 꿈을 꾸면서 정신을 잃었고 눈을 떴을 때는 병원이었으며 함께 영화를 봤던 애인은 사라졌다고 했다.

"가장 끔찍했던 건 무너진 벽 뒤에 무언가가 있었단 거야. 잔뜩 부패한 무언가가."

할머니는 한동안 커다란 엔진 소리만 들어도 벽 뒤에 있던 무언가가 떠올라서 진저리를 치곤 했다. 어린 나와 재하는 이불에 들어간 채로 그게 뭐였는데? 물었고 할머니는 그건 기억이 나지 않는다고 했다. 아마 그걸 알면 죽게 될 거야. 크앙. 그러면 우리는 이불을 얼굴까지 뒤집어쓴 채로 숨을 죽였다.

"할머니가 얼마나 재하한테 진심이었는데. 너도 알지?"

그렇게 말하자 희민이 웃었다.

"너한테도 충분히 진심이었어."

우리는 아케이드에 도착하기까지 지하철을 두 번 갈아탔고 갈아타야 할 곳을 놓쳐 한 정거장을 돌아가기도 했다. 나는 그동안 희민이 나와 함께여서 시간을 낭비하고 있다는 생각을 할까 봐 걱정했다. 내가 줄곧 그렇게 생각했기 때문이었다. 아케이드는 지하철역과 바로 이어져 있었고 우리는 밖으로 나갈 필요 없이 곧바로 건물로 들어갈 수 있었다. 사람이 별로 없었다.

나는 한창 아케이드가 성황이었을 때를 기억하고 있었다. 많은 사람이 줄을 서서 에스컬레이터를 탔고, 오락실, 아이스크림 가게, 고급 입욕제를 파는 상점 등이 있는 층으로 뿔뿔이 흩어졌다. 그때 당시 이곳은 새로운 도시형 엔터테인먼트 문화 공간으로 소개되었다. 천장이 전부 유리로 되어 있고 1층부터 꼭대기 층까지 절반이 트여 있어 내부에서도 파란 하늘을 볼 수 있었다.

먼저 2층에 있는 오락실로 향했다. 우리는 종종 오락실에서 밥값을 걸고 내기를 하고는 했었다. 오락실에는 펌프를 하는 남자 한 명밖에 없었다. 나와 희민은 홀린 듯이 남자가 펌프하는 모양을 바라보다가 노래 한 곡이 끝남과 동시에 박수했다. 남자는 부끄러워하면서도 자기는 열네 살 때 펌프를 시작했으며 대회에도 종종 나갔다고 말해주었다. 남자는 우리에게 괜찮다면 자기가 펌프를 가르쳐주겠다고 제안했다. 나는 극구 사양했지만, 희민은 관심이 있는지 선뜻 옆에 서서 그의 발재간을 따라 했다. 남자는 반소매 티를 입고 있었다.

남자는 우리가 무언가를 사기 위해 아케이드에 왔다는 것을 의아해했다. 요즘 이곳에 쇼핑하러 오는 사람은 없어요. 그러면서 당연히 천연 라텍스 매트리스 같은 건 찾을 수 없을 거라고 했다. 여기에 천연은 없거든요. 우리는 그렇게 말하는 남자의 눈을 들여다봤다. 움푹 들어간 눈이었다. 관상학 책에서 보기로 눈 주위 뼈가 단단하고 굵으면 신뢰할 수 있는 사람이라고 했다.

*

희민이 재하의 대학 친구에서 나의 연인이 되기까지. 함께 새해를 다섯 번 맞이했고 자동차 여행을 서너 번 다녀왔다. 할머니는 명절마다 갈 곳 없는 희민을 불러 밥을 먹였다. 우리가 연인이 되고 나서는 자주 집에 놀러 왔고 할머니는 희민이 올 시간에 맞춰 슬그머니 장을 봐 왔다. 우리는 재하가 떠나기 전까지 거의 주말마다 넷이 함께 밥을 먹고 산책을 했다. 베란다에 작은 텃밭을 가꾸고 함께 목욕탕에 가기도 했다. 목욕 바구니를 들고 둘둘 남탕 여탕으로 찢어졌다가 서너 시간 뒤에 다시 만났다. 젖은 머리를 탈탈거리며 또 저녁거리를 고민했다.

희민의 짐작에 따르면 할머니는 재하가 떠난 후 망상증 비슷한 것에 시달리고 있었다. 나와 희민이 점심을 거르면 자기에게 불만이 있다고 확신했고 향수를 사다 놓으면 당신 몸에서 악취가 난다고 생각했다. 할머니는 오해로 인한 분노를 이상한 방식으로 드러냈다. 애써 담가놓은 김치를 죄다 버리고 미역국에 식초를 들이붓는 식으로. 희민은 그런 조용한 폭력 앞에 의연했고 그렇지 못한 나를 지켜주었다. 그러면서도 떠난 재하를 미워하지도 않았다.

에스컬레이터를 타고 가구 매장이 있는 5층까지 올라가는 동안 희민은 나보다 한 칸 더 올라선 채로 내 머리를 끌어안아 주었다. 다정한 사람. 나는 대체로 다정한 사람들이 가지고 있는 넓은 품을 사랑했다. 하지만 동시에 내 품이 좁은 이유는 그들이 내 품을 조금씩 갉아먹었기 때문이라고 생각했다. 그래서 다정한 사람들에게 곧잘 화를 낸다. 나는 할머니가 나와 같은 생각을 한다고 확신했다. 이런 종류의 생각을 가진 사람들은 대개 엉뚱한 데서 화를 내곤 했으니까.

대부분의 가구 매장은 영업을 하지 않았다. 몇 년 동안 단 한 번도 켠 것 같지 않은 크리스마스 조명이 곳곳에 달려 있었다.

우리는 불 꺼진 매장에 덩그러니 남겨진 가구들을 셔터 너머로 구경했다. 둔중한 침대와 고급스러운 침구들이 눈에 띄었다. 나는 어둠 속에서도 마음에 드는 스툴을 발견했다. 진녹색 동그란 쿠션을 받치고 있는 매끈한 철제 다리를 한참 바라보았다. 잡으면 의외로 따뜻할지도.

코너를 돌았을 때 비로소 불 켜진 매장 하나가 있었다. 귀여운 보라색 블라우스와 회색 정장 바지를 입은 젊은 종업원이 소파에 앉아 차를 마시고 있었다. 우리가 매장 안으로 들어서자 종업원은 고개를 까딱하며 인사했다. 그리고 맞은편 소파를 가리키며 앉아도 좋다고 했다. 나는 소파에 앉아 괜히 팔걸이 부분을 만지고 쓸어보며 꼭 살 사람처럼 굴었다. 여자는 마시던 차를 내려놓고 소파의 등받이를 쓸어보더니 편안한 자세로 기대 누웠다. 그리고 눈을 감고 말했다.

"어떻게 오셨어요?"

"책장을 사러 왔어요."

"이제 책장은 잘 팔지 않아요. 사람들이 책장을 채울 만큼 책을 사지 않거든요."

"그래도 누군가한테는 필요할 텐데요."

그러자 여자가 조금 웃었다. 그리고 재미있는 이야기가 생각났다는 듯 등을 세우고 말했다.

"갑자기 생각나네요. 여기 말고 식물원에서 일할 때 저는 나름대로 자부심이 있었어요. 온실 식물을 채종하고 증식시키는 일을 했어요."

나와 희민은 조금 당황스러웠지만, 이내 여자의 장단을 맞춰주었다.

"대단하네요."

"정말요."

"제가 가꿨던 나무 중에 아프리카 물병나무가 있었어요. 비가 오지 않으면 나무줄기가 부풀어 올라 물병처럼 뚱뚱해져요. 거기서 제게 주어진 가장 큰 임무는 그 물병나무에 물을 주지 않는 거였어요. 다들 뚱뚱한 물병나무의 모습을 좋아했거든요. 다른 식물에 물을 주다 보면 물병나무는 조금조금 더 부풀고 있는 것 같았어요."

나는 물을 먹지 못해 뚱뚱해진 못난 물병나무의 모습을 상상했다. 희민이 여자에게 물었다.

"끝내 물을 주지 않으면 어떻게 되는데요?"

"몰라요. 결국 식물원에서 해고되었거든요. 물병나무에게 몰래몰래 물을 준 걸 들켜서요. 그러니까, 나는 분명 물병나무에게는 필요한 존재였는데요."

여자는 물병나무의 갈증을 해소하듯 잠시 말을 멈추고 차를 마셨다. 나는 잠시 할머니를 떠올렸다. 이틀 전 갑자기 할머니는 거실 바닥이 더러워 참을 수가 없다고 했다. 그러면서 락스

한 통을 바닥에 붓고 싸구려 장판 비닐이 벗겨질 때까지 수세미질을 했다. 오래전부터 할머니는 유난스럽게도 깔끔한 편이었다. 할머니 말에 따르면 당신 시어머니는 이부자리에 일어난 보푸라기 한 올조차 용납하지 않는 성격이었다. 바깥일을 하다가 불쑥 시야에 그림자만 나타나도 시어머니인 줄 알고 가슴이 두근거렸다고 했다. 정말 그래서 그런 건지는 몰라도 할머니는 부주의하게 냉장고 문을 세게 닫거나 변기 뚜껑을 닫는 소리 따위에 크게 놀라곤 했다. 물론 나도 사소한 소리에 깜짝깜짝 놀랐다. 이따금 할머니와 증조할머니 간에 공유된 내밀한 신경증 같은 것이 어느새 내 무의식에 자리 잡았다는 생각을 할 때면 내키지 않는 기분이 되곤 했다.

나는 빈 락스 통을 분리수거 통에 던져 넣으며 소리를 질렀다. 다 같이 죽자고 이러는 거야? 우리 진짜 지쳐. 그러자 할머니가 때가 잔뜩 묻은 수세미를 내 얼굴에 들이밀며 이런 더러운 데서 살면 일찍 죽을 거라고 반박했다. 나와 희민은 저녁으로 매생이죽을 먹고 온 참이었다. 할머니 손에 들린 초록색 수세미와 희민의 입가에 묻은 매생이를 번갈아 바라보았다. 그 순간 내가 견딜 수 없었던 것은 나와 할머니의 삶에 희민이 끼어들어 자신의 삶이 망가지는 줄도 모른 채로 나를 사랑하고 있다는 것이었다. 그리고 나는 불을 대로 불어버린 못난 물병나무처럼 희민의 사랑을 갈급해한다. 그것이 희민의 삶에 몹시 치명적일 수도 있지만.

여자가 했던 것처럼 등받이에 몸을 깊게 파묻었다. 부드러운 가죽이 적당한 힘으로 하중을 견디며 몸을 받쳐주었다. 정말 좋은 소파야. 내가 말하자 희민은 고개를 끄덕이며 정교하게 박음질된 이음새를 손가락으로 쓸어보았다. 여자는 나와 같은 자세를 하고서는 밝은 목소리로 말했다.

"어때요? 천연 물소 통가죽 소파는 잘 갈라지지도 않아요. 모공까지 살아 있는 가죽이라 통기성이 좋거든요."

*

락스 사건 다음 날 우리는 나름의 사과의 의미로 할머니를 데리고 드라이브를 했다. 희민은 꽤 오랜 시간 운전을 했고 몹시 피곤한 상태였다. 유명한 빵집에 들러 몽블랑과 마늘빵을 사서 댐 근처에 차를 대고 김밥과 함께 먹었다. 우리 셋은 모두 앞을 본 채 각자의 몫으로 무릎에 놓인 음식들을 해치웠다. 나는 도서관에서 일하게 된 후로 더 말수가 줄어든 것 같다고 얘기했고 희민은 팀장이 자꾸 뒤에서 자신을 험담하는 것 같다고 말했다. 영업을 하기엔 말주변이 너무 없다고. 할머니는 새해를 맞이해 새 출발을 하겠다고 다짐했다.

"아는 언니가 일하는 병원에 간병인이 부족하대."

"그렇지만 몸이 힘든 일이잖아."

"안 힘든 일이 어디 있다고."

할머니가 한숨을 쉬며 말했다. 나는 할머니가 무엇을 하든지 말리고 보라던 재하의 말을 떠올렸다. 재하는 작년부터 갑자기 나에게 할머니의 안부를 집요하게 묻기 시작했다. 재하는 메시지를 보낼 때마다 할머니가 하게 내버려두어선 안 될 것들을 주의시켰다. 이럴 거면 직접 연락하라는 말을 하려다 그러지 못했다. 할머니는 자기 명의로 된 집 한 채가 있었고 매달 연금으로 30만 원 정도가 나왔다. 그런데도 일을 하려는 것은 내가 아닌 재하에게, 몇 푼이라도 더 남겨주고 싶은 마음 때문일 것이다.

"할머니, 희민이 불쌍하지."

할머니는 모르겠다는 얼굴로 희민의 어깨 너머를 멀거니 바라보았다.

"나 같은 애랑 사귀잖아."

그러자 희민이 대답했다.

"그러게. 할머니, 저 불쌍하죠."

할머니는 대수롭지 않게 희민이 운전하는 모습을 지켜보다 말했다. 내가 최고로 불쌍하다. 할머니는 몸단장을 열심히 하는 편이었다. 허리도 곧고 고운 백발이 잘 어울리는 얼굴이었다. 최근 무릎관절 수술을 받았는데 의사는 뼈가 너무 튼튼해 잘라내느라 고생 좀 했다며 우스갯소리를 했다. 나는 고등학생 때 육상선수를 했다던 할머니를 종종 떠올렸다. 쭉 뻗은 튼튼한 팔다리를 움직이며 트랙을 달리는 어린 할머니. 어린 시절 할머니에게 일본 이름이 있었다는 것도 알고 있었다.

유코라니. 나는 유코라는 이름을 듣자마자 유즈 코쇼라는 일본의 유자 후추를 떠올렸다. 내가 유즈 코쇼의 줄임말이 유코 아니겠냐며 웃자 희민도 조금 웃었다. 할머니는 우리가 고추냉이를 간장에 풀 때마다 와사비를 많이 먹으면 머리가 나빠진다고 질색했다. 희민은 그럼 이제부터 할머니를 간장에 풀어버리자며 징그러운 개그를 했다. 나는 얼굴을 찌푸리면서도 간장에 서서히 머리카락부터 녹아드는 할머니를 상상했다. 손가락으로 간장을 찍어 맛을 보는 나도.

드라이브를 마치고 집에 도착해서 우리는 싸웠다. 내가 헤어지자는 말을 버릇처럼 하는 줄 알면서도 희민은 그날만큼은 헤어지자는 내 말에 그러자고 대답했다. 나는 예상치 못한 대답을 듣고 항변했다. 나 같은 애랑 사귀어서 네가 불쌍해진다고 했잖아. 그러자 희민은 네가 나를 불쌍하다고 하는 바람에 정말 자기 자신이 불쌍하다고 생각했을 뿐이라며 위로해 주지 않았다. 나는 그가 어렴풋이 변했다고 생각했으며 두려웠다. 사람은 고유한 물질이 아니라고 늘 생각하면서도. 땀 흘리며 최선을 다해 트랙을 달리던 어느 날의 유코를 상상하면서도.

"할머니 때문이지. 그래서 다 그만두고 싶은 거지."

"왜 그렇게 생각해?"

"넌 가족이 아니잖아."

그러자 희민이 가만히 나를 바라보다가 고개를 저었다.

"그건 아니야. 그런데 헤어지자는 말은 무를 수 없을 것 같아. 난 최선을 다했고, 그걸 넌 여지껏 몰랐지. 어쨌든 네가 자초한 거야."

나는 내가 사랑하는 사람이 나보다 우위에 있음을 시시때때로 느끼면서 그 사람의 마음을 믿지 않으려 든다. 사랑에도 층위가 있을 수 있다고 단언해 버린다. 할머니가 나와 희민이보다도 돌아오지 않는 재하를 위하는 것처럼. 할머니가 아들을 낳기 위해 엄마를 낳았던 것처럼. 또 엄마가 재하를 낳기 위해 나를 낳았던 것처럼.

*

이번에는 가구 매장 건너편에 있는 전자 매장에 들렀다. 꽤 큰 매장인데도 조명이 별로 없어 전체적으로 어두웠다. 장사를 하고 있긴 한 건지 헷갈릴 정도였다. 다만 스크린은 모두 켜져 있었다. 우리는 전시장에 비치된 VR 체험기를 구경했다. 스크린에서는 좀비들이 끊임없이 달려오고 있었다. 희민은 VR 헤드셋을 끼고 컨트롤러를 휘두르며 좀비들을 물리쳤다. 눈을 가린 상태에서 급하게 주변을 둘러보고 허우적거리는 모양새가 우스웠다. 나는 그런 희민을 보고 깔깔거리며 웃었는데 어느새 양복을 입은 왜소한 남자가 다가와 우리를 지켜보고 있었다.

"저희 브랜드에서 나온 VR 헤드셋은 현존하는 모든 게임과 시뮬레이션을 돌릴 수 있어요. 커스텀 렌즈를 장착해서 극도로 선명하게 넓은 시야를 확보할 수 있죠."

남자는 그렇게 말하면서 우리를 매장 안쪽으로 안내했다. 자세히 보니 남자의 안경이 몹시 특이했다. 메탈 소재 같은 빨간 테에 까만 점들이 촘촘하게 박혀 있었다. 나는 남자를 안경으로 부르기로 했다. 그러면서 내 결심을 희민에게 말해주려고 했는데 희민은 헤드셋을 벗은 뒤로 약간 넋이 나간 채로 계속 도리질을 하고 있었다. 그러면서 저 게임은 약간 이상하다며 좀비에게 물리자마자 무지갯빛 세상이 도래하고 나른한 음악이 들려왔다고 했다.

"황홀경에 빠진 느낌이었어."

그러자 안경이 눈썹을 치켜뜨며 희민의 손을 잡았다.

"역시 아시네요. 저도 제일 좋아하는 게임이에요. 웃긴 건

뭔지 아세요? 치료제를 맞는 순간 다시 지옥이 펼쳐져요."

매장 안쪽에는 넓은 벽이 있었다. 빈 벽. 아무것도 전시되어 있지 않고 브랜드 로고조차 박혀 있지 않은 벽이었다. 안경은 벽을 마주하고 있는 커다란 소파에 우리를 앉힌 뒤 벽을 향해 가볍게 손을 흔들었다. 그러자 까만 벽이 아주 작게 팟, 하는 소리를 내며 켜지고 영상 하나가 송출되었다. 아이 둘이 벤치에 앉아 호떡을 먹는 영상이었다. 속이 비어 있는 공갈호떡을 먹고 있었는데 입김이 나는 걸로 보아 몹시 추운 겨울인 것 같았다.

아이1: 한 입 물면 바삭한데 씹을수록 쫄깃하고 고소해.

아이2: 나는 초등학교에 입학하기 전까지 호떡은 입에도 대지 않았어.

아이1: 왜?

아이2: 호떡 안에 들어 있는 게 팥인 줄 알았어. 붕어빵이나 국화빵처럼.

아이1: 말도 안 돼. 그러면 언제부터 먹게 됐어?

아이2: 팥을 먹을 수 있게 되었을 때. 아주 맛있는 팥죽을 먹은 적이 있거든.

아이1: 팥을 먹을 수 있게 되어서 호떡도 먹을 수 있게 되었다니. 거참 이상하네. 둘은 아주 다른 음식인데 말이야.

안경은 영상을 멈추고 우리의 반응을 기다렸다. 나는 조금 생각하다가 고개를 끄덕이며 손뼉을 쳤다. 안경은 정색하고 지금은 그럴 타이밍이 아니라고 했다.

"우리 매장은 누군가 쓰다 버린 것들을 고가에 팔아요. 이 영상도 누가 버린 거예요. 우린 이 영상을 버린 사람들을 직접 찾아가서 돈을 주고 구매했어요. 시뮬레이션화하려고요. 제 말은, 남이 삭제한 걸 뒤져봤다는 게 아니라, 그냥 말 그대로 쓰레기통에 처박혀 있던 이동식디스크 같은 걸 획득했다는 거예요."

나와 희민은 그가 조금 의심스러워졌지만 대충 고개를 끄덕였다. 안경은 우리 사진을 블루투스로 공유하면 재미있는 일이 일어날 거라고 했다. 나는 조금 고민하다가 안경에게 우리 넷이 찍은 유일한 사진 한 장을 전송했다. 다 같이 목욕탕에서 나와 해가 좋을 때 찍은 사진이었다. 다들 젖은 머리카락이 뺨에 들러붙어 있는 사진이었다. 안경이 눈을 가늘게 뜨고 우리와 사진을 번갈아 바라보았다. 가족이에요? 그러자 희민이 손을 들고 말했다. 저만 빼고요. 나는 돌아오지 않는 재하와 언제나 우리 곁에 있는 희민 중에 누굴 가족이라고 부를 수 있을지 고민했다.

재하는 할아버지가 쓰러진 뒤 몇 달 지나지 않아 이직 준비를 했다. 할아버지는 쓰러지기 직전까지 컴퓨터 학원을 다녔다. 포토샵으로 사진을 이어 붙여 동영상을 만들었고 우리에게 메일로 전송했다. 재하는 일주일에 한 번씩 오는 그 포토 메일을 단 한 번도 열어보지 않았다. 내 노트북은 할아버지가 보낸 마지막 포토 메일을 열어보고 나서 랜섬웨어에 감염되었다.

할머니가 아파트를 팔고 요양 병원 근처의 작은 빌라로 옮긴다고 했을 때 재하는 펄쩍 뛰었다. 무릎도 성하지 않으면서 무슨 언덕이 있는 빌라로 이사를 가요. 결국 이사를 하고도 재하는 오랫동안 툴툴거렸다. 도대체 가능성이라는 것에 투자할 수는 없는 거냐며. 결국, 요지는 요즘 같은 호황에 어느 누가 아파트를 팔고 빌라로 이사를 가냐는 것이었다.

무슨 의도가 있어 그런 말을 했다곤 생각하지 않았다. 그저 내 마음에 가장 남은 것은 재하가 늘 우리 삶으로부터 멀어지기를 바랐다는 것이었다. 그럴 수는 있는데 그런 식이어서는 안 된다고 생각했다. 그렇게 멀어지려 애쓰면서도 자꾸 뒤를 돌아보고 할머니를 우려했다. 하지만 할머니를 보살피는 것은 온전히 내 몫이었다.

VR 화면 속 배경은 벤치에서 일반 가정집으로 바뀌었다. 나와 희민이 카펫 위에 반듯하게 누워 있었다. 옷을 보니 아까 호떡을 나눠 먹던 아이들의 몸에 우리 얼굴을 입힌 것 같았다. 합성이 정교해서 그저 키만 한참 줄어든 나와 희민을 보고 있는 것 같았다. 작은 방에서는 재하가 스케치북에 크레파스로 그림을 그리고 있었다. 낡은 온열기 돌아가는 소리가 들렸다. 전기밥솥이 기차 소리를 냈다. 부엌에서 누군가가 나왔다. 할머니였다.

할머니: 빨리 일어나서 밥을 푸렴.

경희: 나 몸이 너무 무거워.

할머니: 핑계 대지 말고. 네가 할 일이야. 여자는 언제나 부지런해야 해.

그러면서 할머니는 축축하게 젖은 손으로 머리를 매만졌다. 작은 방 너머로 보이는 재하는 회색 크레파스를 유심히 보다가 앞니로 살짝 갉아 먹었다. 이내 퉤 뱉었다.

희민: 진짜예요. 아까부터 머리가 핑핑 돈대요. 그러지 마세요. 그런 식으로 대하지 마세요.

할머니: 웃기고들 있다. 그거 아니? 나는 평생 너희들을 이해할 마음이 없어. 그건 너네도 마찬가지일 거다.

재하: 할머니 나 배고파.

할머니: 그래, 조금만 기다려.

희민: 경희야, 나가자.

경희: 추운데?

희민: 속이 따뜻해지는 간식을 사줄게.

할머니: 근데 그거 아니? 너희들도 나를 단단히 오해하고 있단다.

영상은 그대로 중단되었다. 할머니가 작은 경희와 희민을 빤히 바라보는 그 상태 그대로. 나는 오랫동안 할머니의 얼굴을 바라보았다. 고집스럽지만 또렷하고 완고한 얼굴을. 헤드셋을 벗자 사방이 컴컴했다. 아무것도 보이지 않았다. 나는 어둠 속에서 손을 더듬어 희민을 찾았다. 희민과 나는 휴대폰 불빛에 의지해서 겨우 앞으로 나아갔다. 건너편 가구 매장 또한 불이 꺼져 있었다. 아케이드에는 우리 말고 아무도 없는 것 같았다. 어느새 안경도 사라졌고, 가구 매장 여자도 없었다. 그렇지만 겁이 나진 않았다. 에스컬레이터를 타고 내려가는 동안 우리는 아무 말도 하지 않았다. 다만 내가 한 칸 더 위에 올라서서 희민의 머리를 꼭 안아주었다.

*

엄마가 죽고 나서 할머니는 나와 재하에게 엄마의 젊은 시절 이야기들을 조금씩 해주었다. 엄마는 기껏 대학에 보내놨더니 공장에 위장 취업을 해 노조를 꾸렸다. 할머니는 할아버지와 함께 엄마를 잡으러 직접 공장에 갔다. 할아버지는 운전하는 동안 단 한 마디도 하지 않았다. 할머니는 창문 너머로 맑은 날씨를 보며 우리 딸이 어릴 때부터 공부를 그렇게 잘했는데…… 그렇게 새벽마다 내가 도시락을 공들여 쌌는데…… 그런 생각을 하면서 할아버지에게 야속한 마음이 들었다고 했다. 언젠가 당신이 해외 출장을 다녀오면서 사 온 이국적인 토템 같은 게 딸 마음에 애먼 걸 깃들게 했다는 것이다. 할머니의 그런 푸념을 듣고 있으면 어쩐지 〈이소라의 프러포즈〉를 보며 눈물을 흘리던 임신한 엄마가 떠올랐다.

재하가 제주도로 떠나기 며칠 전 나와 재하, 희민은 조촐한 승진 축하 파티를 했다. 물론 나는 뒤에서 희민에게 탈출 축하 파티라며 비아냥거렸지만. 횟집에서 세꼬시를 먹고 소주도 서너 병 마셨다. 그것도 모자라 편의점 앞 벤치에서 저렴한 와인과 맥주 몇 캔을 사서 마셨다. 안 먹어본 맥주를 종류별로 사와서 마시느라고 이것저것 섞어 마시다 보니 다들 단단히 취했다. 나는 취한 김에 자꾸 재하에게 삿대질을 했다. 희민은 고개를 푹 숙인 채로 몸을 앞뒤로 흔들대고 있었고 재하만 발개진 눈을 애써 부릅뜨며 내 말을 주워들으려 노력했다.

"그냥 말만 예쁘게 할 수 없냐."

"누나."

"할머니가 엄마 제사 지내는 게 뭐가 그렇게 맘에 안 드는데?"

"엄마가 할머니 때문에 얼마나 고통받았는지 알잖아. 기껏 낳아주고 대학 보냈더니 공돌이랑 눈 맞았다고, 그게 할머니가 술만 먹으면 하는 레퍼토리였어. 엄마 이혼하고도 술만 먹으면 그 소리만 해댔잖아. 엄마 팔자 엄마가 망쳤다면서. 그런데 인제 와서, 제사? 그거 되게 기이해. 그리고 왜 내가 제주가 되어야 하는데? 그건 전통도 애도도 뭣도 아니야."

나는 눈만 끔뻑거렸다. 재하가 언제 샀는지 주머니에서 담배와 라이터를 꺼냈다. 그리고 말없이 담배 두 개비를 꺼내 나에게 한 개비를 주었다. 나는 어정쩡하게 그걸 받아 든 채 재하가 담배에 불을 붙이는 모양을 쳐다보았다.

"어쨌든 할머니가 하고 싶어 해. 지금 살아 있는 건 할머니잖아. 그건 할머니를 위한 거나 다름없어."

재하가 뿜는 연기가 천천히 가로등 불빛과 포개졌다. 그러다가 사레가 들려 기침을 했다. 저 새끼 진짜 이기적인 새끼구나. 그런 생각을 하면서도 재하의 손에 들린 라이터를 뺏어 똑같이 불을 붙였다. 나는 재하가 얄미웠다. 할머니가 모든 걸 결국 자기 탓으로 돌린다는 걸 알면서도 그런 것 따위는 모른 척 일관했기 때문이었다. 할머니는 아들을 못 낳은 게 무슨 자기 평생의 업보라도 되는 것처럼 굴었다.

"할머니는 그 불행에서 벗어날 수 없어."

"무슨 말을 그렇게 해."

"원래 순리를 따르는 어른들은 그래. 어쩔 수 없다고. 그게 팔자야."

"그럼 내가 제주가 될게. 그게 내 팔자인가 보다."

재하는 담배를 비벼 끈 뒤 자꾸 바닥을 바라보다가 손바닥으로 눈 주위를 꾹꾹 눌렀다. 그러다가 큰 소리로 울음을 터트렸다. 그리고 끅끅거리며 내 눈을 쳐다보지도 못한 채로 나를 향해 소리 질렀다.

"미안해. 씨발. 누나. 진짜 존나. 나 사실, 누나랑 할머니랑 같이 지내는 게 징그럽도록 싫어."

그러자 희민이 번뜩 깨서 우는 재하를 발견하고 휘청거리며 일어났다. 그리고 재하의 어깨에 기대며 중얼거렸다. 야, 우냐? 우냐고. 재하는 쓰러지듯 안긴 희민을 껴안은 채로 꽤 오랫동안 그렇게 울었다. 나는 그 광경을 바라보면서 천천히 담배를 피웠다. 담배 연기가 멀리 나아가서 종국에는 안개처럼 흩어지는 모습을 구경했다. 할머니는 베란다에서 담배를 피우곤 했다. 바깥사람한테는 절대로 들켜선 안 된다고 재하에게도 그 모습을 보여주지 않았다. 엄마의 장례를 치르고 나서 할머니는 베란다로 나를 불러 담배 한 개비를 주었다. 그리고 단단히 일렀다. 바깥사람은 모르게 하라고. 그렇게 말하는 할머니는 어딘지 신비해 보였다. 심란할 때마다 피우면 괜찮아. 너무 많이는 말고. 하나로 묶은 백발이 햇빛을 받아 반짝거렸다.

*

나와 희민은 펌프를 하던 남자를 만나 인사라도 할 요량으로 오락실로 향했다. 그렇지만 아무도 없었다. 오락실은 여전히 각종 게임기의 불빛으로 현란했다. 나와 희민은 잠시간 밝은 빛에 적응하기 위해 눈살을 찌푸린 채로 서 있었다. 그때 희민이 말했다.

"할머니는 오래전부터 아팠던 것 같아."

둘 다 알고 있었지만, 아무도 입 밖으로 꺼내지 않은 사실이었다.

"아무래도."

"그럼 우리가 뭘 해야 할까?"

"일단, 지금은 너무 늦었어. 아마 할머니는 뿔이 잔뜩 났을 거야."

나와 희민은 출구로 향했다. 아무것도 사지 못했다는 생각에 막막해졌지만, 그것에 대해 따로 이야기하지는 않았다.

집으로 가는 길에 나도 희민도 한참을 졸았다. 결국, 내려야 될 정거장을 또 놓치고야 말았다. 희민이 허탈하게 웃었다. 희민이 웃으니 나도 웃음이 나왔다. 집 근처에서 마침 호떡을 팔기에 세 개를 사서 나눠 먹고 할머니 몫으로 두 개를 더 샀다. 정말 속이 따뜻해지는 것 같아. 우리는 그런 이야기를 나누며 웃었다. 그리고 집으로 들어가려는데 집 앞 골목에 누군가가 퀸 사이즈 매트리스를 버려둔 것을 보았다. 대형폐기물 스티커가 붙어 있었다. 나는 벽에 비스듬히 세워진 매트리스를 이리저리 만져보았다. 적당하게 단단했고 스프링이 무너진 곳도 없었다.

"희민아. 굉장하지."

"하지만 라텍스가 아닌 것 같아."

"괜찮아."

"그런데 경희야, 그건 알아야 해. 나는 널 아끼는 만큼 할머니도 아껴. 널 미워하는 만큼, 할머니도 미워하고. 그건 단순한 감정이 아니야."

나는 입술을 삐죽이며 고개를 끄덕였다. 그러자 희민이 팔을 벌려 안아주었다. 재하가 희민을 안고 추하게 울던 모습이 떠올랐다. 함부로 미안해하지 않고 고마워하지 않는 것도 중요하다는 생각이 들었다.

집으로 들어가니 할머니가 소파에 잠들어 있었다. 테이블 위에는 병원에서 온 신년 편지가 있었다. 부주의하게 뜯긴 봉투를 열어보니 편지 한 장과 함께 이동 콧줄을 단 채로 침대에 누워 있는 할아버지 사진이 들어 있었다. 새해 복 많이 받으세요. 이재열 올림. 할아버지의 이름이었다. 1년 넘게 할아버지를 보러 가지 못했다. 감염병이 창궐한 이후 요양 병원은 간병인 외에 아무도 들이지 않았다. 작년 크리스마스 때 요양 병원 측의 배려로 영상통화를 한 것이 마지막이었다.

우리는 조심조심 방으로 들어가 이불을 정리하고 매트리스 커버를 벗겼다. 그다음 매트리스 끝을 잡고 번쩍 들어 올렸다. 조심스럽게 비스듬히 눕힌 다음 방문턱을 통과했다. 그때까지도 할머니는 깨지 않고 잠들어 있었다. 안정적으로 숨 쉬는 소리가 작게 들렸다. 할머니는 잠잘 때만큼은 예쁜 소리를 내며 잤다. 대문을 열고 무사히 매트리스를 골목까지 옮겼다. 퀸 사이즈 매트리스는 여전히 벽에 기대 누워 있었다. 나는 대형폐기물 스티커를 떼어다가 나와 희민이 옮긴 싱글 사이즈 매트리스 위에 붙였다. 비록 두 개는 전혀 다른 사이즈의 침대이지만, 아무도 우리가 벌인 일을 알아차리지 못할 것이다. 그런 생각을 하니 즐거운 마음이 들었다.

"나는 내가 모르는 사이에 아주 많은 기회를 외면했을 거야."

"무슨 말이야?"

"호떡에 든 앙금이 팥인 줄 알았던, 그 애처럼 말이야. 호떡이 뭔지도 모르고 호떡을 외면해 온 거잖아."

"너다운 생각이네."

"그래도 나는 나름대로 내 자리를 찾아가고 있어. 종종 무언가를 오인하고 거들떠보지 않다가 종국에 무언가를 깨닫고 후회하면서."

"그래. 그 애도 정말 신중하게 호떡 맛을 음미하더라. 군침이 돌 정도로."

할머니는 어느새 깨서 우리가 퀸 사이즈 매트리스를 힘겹게 들고 오는 모습을 바라보고 있었다. 그러더니 한숨을 쉬고 이 추운 날에 저렇게 큰 쓰레기를 가져왔다며 혼을 냈다. 희민의 손을 만져보더니 어디 그렇게 찬 손을 하고서 물건을 옮기냐며 또 타박을 하고 물을 끓였다. 손이 차가우면 쉽게 베이고 다치는 법이라고. 희민은 할머니에게 테이블 위에 있는 호떡을 권했다.

"생각해서 사 온 거예요."

"생각해서?"

"네. 할머니 생각해서."

할머니는 다시 호떡 봉지를 들추더니, 테이블 앞에 앉았다. 그리고 하나를 크게 베어 먹었다.

"다네. 나이가 들수록 단 음식이 입에 붙어."

그러면서 순식간에 호떡 하나를 해치우고 두 번째 호떡을 집어 들었다. 술을 얼마나 마셨는지 코가 빨갰다. 올리브색 손톱 위에 반짝거리는 네일 파츠가 눈에 들어왔다. 언제 또 했대. 내가 묻자 할머니가 몽롱한 눈빛으로 어깨를 으쓱했다. 할머니는 할아버지가 쓰러지고 나서 삼시 세끼 요리를 하던 일과에서 해방되었다. 마치 그 시절을 청산하듯 언젠가부터 꾸준히 네일아트를 했다.

"할머니. 올해부터, 엄마 제사 지내자. 내가 제주가 될게."

대답도 하지 않고 오물거리며 호떡을 먹는 할머니를 보며 나는 각자의 방식으로 최선을 다하면 그만이라는 생각을 했다. 아니 그것보다 그냥 어쩌겠나 싶었다. 나는 그런 식을 그만 식이라고 말하는 할머니를 버리고 떠날 수 있는 사람이 아니니까. 곧 할머니도 할아버지 병문안을 갈 수 있겠지. 무심한 듯 등을 쓸어내리고 물수건과 마른 수건으로 번갈아 몸을 닦아주겠지. 할아버지의 뻣뻣한 몸을 닦고 매만지고 주무르는 할머니의 손을 상상해 보았다. 영롱한 네일 파츠가 유난스럽게 반짝거리는 손. 사랑해요, 여보, 한번 말해보세요. 사, 랑, 해, 요, 하고 속삭이는 입술까지.

나와 희민은 방에 들어와 새 매트리스 위에 커버를 씌우고 이불을 펼쳐둔 뒤에 누워보았다.

"좋네."

"역시 넓은 게 좋아."

"그러게."

"그런데 희민아."

"응."

"할머니, 병원에 가야 할 것 같지."

"응, 정말로."

"꼭 필요한 일이겠지?"

"오래전부터 필요한 일이었던 것 같아. 우리를 위해서도, 할머니를 위해서도. 버틸수록 망가지기만 할 뿐이었는데."

"절대 안 간다고 하겠지. 일단 의사를 믿지 않으니까."

"실랑이 엄청 할 거야. 벌써 지친다."

나와 희민은 그런 말을 하며 한참을 누워 있었다. 그러다 잠이 올 때쯤 나는 불현듯 재하에게 문자를 보냈다. '재하야 잘 지내니'로 시작해서 '뭣 같은 새끼'로 끝나는 문자였다. 발송 버튼을 누르자마자 문자를 보낸 것을 후회했다.

할아버지가 정정하던 시절, 우리에게 메일로 보내온 영상은 엉망이었다. 픽셀이 깨져 할머니와 할아버지 얼굴만 간신히 분간이 갈 정도였다. 〈What a Wonderful Day〉 노래와 함께 여기저기에서 다가오는 사진들은 느리게 날아와 갑작스레 전환되었다. 할머니와 할아버지는 큰할아버지가 사는 미국으로 여행을 간 적이 있었다. 그랜드캐니언 앞에 선 할머니와 할아버지의 모습은 합성한 것처럼 어색하기 짝이 없었다. 재하의 돌잡이 사진도 있었다. 한 손엔 지폐를 들고 다른 한 손에는 시루

떡을 쥐고 있었다.

아코디언을 연주하는 할아버지의 모습도 있었다. 할머니는 보라색 중절모를 쓰고 연주하는 할아버지를 지켜보고 있었다. 할아버지보다도 훨씬 큰 키를 가진 할머니는 다소곳하게 손을 모은 채였다. 영상통화 속 할아버지는 콧줄을 낀 채 앙상했다. 여전히 할머니의 집에는 할아버지가 수집한 이국적 토템이 가득하고. 내 노트북은 오래전 랜섬웨어에 감염돼 방치되어 있고. 엄마는 할머니보다 일찍 죽고야 말았는데 희민은 여전히 내 곁에 있어 다행이고 시시때때로 그것이 두렵고. 나는 재하에게 그런 문자를 보내고야 말았다. 그것이 전부가 아님에도 전부가 되어버리는 문자였다. 나는 또 사방의 벽이 천천히 다가오는 기분에 사로잡혔다. 그러다 문득 그런 생각이 들었다. 할머니는 어떻게 미국에 갔을까? 비행기만 타면 세상의 벽이 모조리 무너질 것만 같이 무섭다고 했는데.

불쌍히 여기지 않기

Ingredients

- ㅁ 수면 양말
- ㅁ 수면 잠옷
- ㅁ 전기장판

How to cook

혹독한 겨울을 나는 건 언제나 괴롭지만, 나에게 가장 괴로운 것은 겨울에 유독 나의 처지가 서글프게 느껴진다는 것이다. 그럼 내 처지가 정말 그렇고 그런가? 그건 아닌 것 같다. 나는 나를 몹시 불쌍하게 여기는 습관이 있는데, 좋은 습관은 아니다. 나는 밝은 사람도 아니고 밝아지고 싶어 하는 사람도 아니다. 다만, 나는 나를 불쌍하게 여기는 걸 조금 멈춰야 한다. 우리는 우리를 불쌍히 여기는 일을 멈춰야 한다.

어떤 사람은 겨울 날씨가 참 좋다고 했다. 식당에서 둘둘 멘 목도리를 풀고 코트를 벗으며 친구와 인사하는 시간이 좋다고 했다. 나는 그 사람이 꽤 사랑스러운 사람이라고 생각하면서, 조금도 사랑스러운 구석이 없는 퍽퍽한 나의 삶을 비관했다. 그럼에도 나는 나를 사랑하는 사람이 있다는 게 조금 신기하다. 겨울에 유독 사랑하는 사람들이 그리운 이유도 그런 탓일 것이다. 나는 겨울마다 내 작은 방에서 코만 내놓고 오랜 시간 누워 있다. 그러면 신기하게도 시간이 금방 흘러간다. 나는 그 시간을 애써 쥐려고도 하지 않은 채 무력하게 손에서 놓아버린다. 그 감각을 좋아한다. 겨드랑이에 구멍이 난 오래된 수면 잠옷을 입고 수면 양말을 신고, 전기장판을 튼 채 오랜 시간 누워 있는 것이 내가 지난한 겨울을 나는 방법이다. 조금이라도 나를 사랑하는, 사랑했던 사람들을 생각하며 다시 의지를 다잡고, 삶을 복기하며 내 삶을 갉아먹는 글을 조금씩 쓰는 것. 나는 그러지 않으려고 해도 소설을 쓰다 보면 꼭 내 이야기를 하고 만다.

사실 나는 대부분 글을 누워서 쓰는데, 올겨울에는 이 버릇을 꼭 고치고 말 것이다. 나 자신을 불쌍히 여기지 않는 사람이 되도록, 겨울을 조금 대비하고 준비하는 습관을 들여야겠다. 좋은 습관. 좋은 습관을 들여서 내 삶을 건실히 운영하는 사람이 되어야지. 물론 머지않아 또 실패하겠지만. 나는 실패를 많이 해서 실패에 덤덤하다. 그래서 괜찮다. 이 글을 읽는 모든 불쌍한 사람들이 자신을 불쌍히 여기지 않았으면 좋겠다

TIP　작가의 다른 책 더 읽어보기

예소연

지은 책으로 소설 《고양이와 사막의 자매들》이 있다.

유자차를 마시고 나는 쓰네

김지연

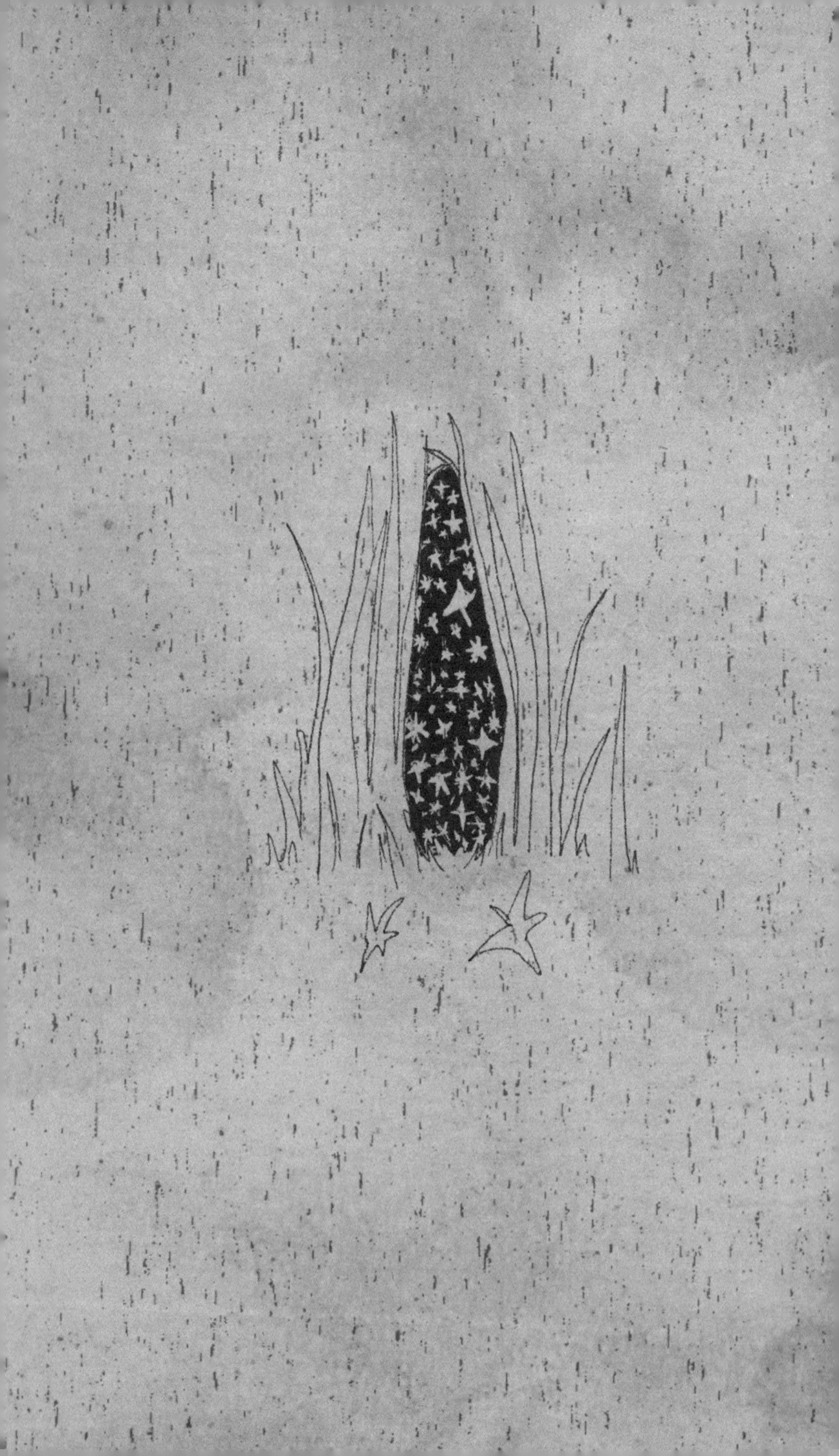

안개가 아주 짙었다. 티셔츠 위에 후드티를 입고 점퍼까지 겹겹이 입었는데 그 속으로 안개가 집요하게 파고드는 느낌이었다. 온몸이 젖고 젖다가 손톱 아래까지 다 축축해지는 기분. 물먹은 솜이 된 것처럼 한 걸음 떼어놓기도 힘들어 결국 근처에 있던 바위에 엉덩이를 기댔다. 순간 냉기가 바지를 통과해 엉덩이로 고스란히 전해져 바로 일어나 버릴 뻔했으나 물먹은 솜 같은 몸은 말을 듣지 않았다. 몸은 이제 지친 데다 차가워지기까지 했다.

"삼촌. 정말 여기 있는 걸 다 따 가도 돼?"

내가 내뱉은 숨이 안개처럼 희게 쏟아졌다가 공중에서 흩어졌다.

"그렇다니까."

삼촌의 목소리가 그리 멀지 않은 곳에서 들려왔지만, 모습은 안개에 파묻혀 유령처럼 희부옇게만 보였다. 유령 같은 형체가 부지런히 움직이며 유자를 따서 어깨에 멘 자루에 넣고 있었다. 새벽 어스름의 희부연 안개 속에서도 노랗게 잘 익은 유자는 도드라졌고 은은한 유자 향이 나는 것 같기도 했다.

"정말 밭을 다 없는대?"

"그렇대도."

삼촌은 같은 말을 자꾸 하게 만드는 내가 영 성가신 모양이었다. 유자밭은 벌써 리조트를 지을 예정인 건설 회사에 팔기로 계약이 되었다고 했다. 오랫동안 농지로 묶여 있었는데 근처에 도로가 들어오면서 일대가 다 개발 광풍에 휩싸였다. 바다가 바라보이는 언덕 위에 있는 곳이라 리조트를 지어놓으면 꽤 멋지긴 할 것이다.

"그렇다면 더더욱 본인이 수확하고 싶지 않았을까? 마지막이니까."

"여기 평당 얼마 받았는지 알면 놀랄걸? 이제 이런 육체노동을 감수하지 않아도 되니까 안 하는 거지. 몇십 년을 땄는데 뭘 또 마지막까지 따고 싶겠어."

"유자가 지긋지긋했을까?"

"그랬을지도 모르지."

그건 좀 슬프다고 생각했다. 좋아하지도 않는 일을 한평생 해왔다니. 나도 모르게 길게 한숨을 내쉬었더니 삼촌이 내 속내를 파악했다는 듯 말했다.

"지긋지긋해도 해야지 어쩌겠어. 나름대로 마지막 의식은 치렀을 거야."

물론 안 치렀을 수도 있었다. 어쩌면 통장에 입금된 돈을 확인하는 것이 나름의 의식이었을 수도. 의식 같은 건 아예 필요하지 않다고 생각했을지도 모르고.

"그렇게 앉아 있지만 말고 손 좀 거들어. 아무나 다 따 가라고 했으니까 일찍 따 가는 사람이 임자야. 가시 있으니까 조심해라. 찔리면 엄청 쓰릴 테니까."

"그래서 잠 좀 자겠다는 조카를 끌고 나왔어? 날도 추운데?"

나는 결국 엉덩이를 털고 일어나 면장갑을 끼고 유자를 따기 시작했다. 한두 개 땄을 뿐인데도 슬슬 팔이 아파왔다.

"팔 빠질 것 같아. 죽겠어."

"너 고3이라고 너무 앉아만 있었어. 좀 움직여야 해. 이 정도로 앓는 소릴 하면 어쩌냐?"

대한민국 고3이 의자에 엉덩이를 안 붙이고 싸다니기만 하면 어떤 잔소리를 듣겠냐고 말하려고 했지만 잠도 덜 깨서인지 긴 하품만 나왔다. 삼촌에게 대꾸하는 건 포기하고 무거운 걸음을 차근차근 옮기며 삼촌이 준 작은 장바구니에 수확한 유자를 하나씩 넣었다. 장바구니가 무거워질수록 이상하게 몸은 더 움직일 만해졌다. 유자 따는 일에 몰두하고 있으니 이마에 땀이 맺혔다. 아니 안개인가, 아침이슬인가. 그러고 있자니 초등학교에 다닐 때 이 뒷동산을 뛰어다니며 술래잡기며 숨바꼭질을 하곤 했던 것이 떠올랐다. 그때는 정말 미친 듯이 뛰어다녔는데 나이를 먹을수록 점점 뛰어다닐 일이 없어졌다. 정신을 연마한다는 이유로 몸을 움직이는 일에 소홀했던 것 같다. 실은 움직이는 것이 더 중요한 일이었을지도 모르는데.

"삼촌."

"왜."

"나 찔렸어."

"아프냐?"

"아니. 근데 찔리는 순간 무슨 생각이 들었게?"

"무슨?"

"스파이더맨처럼 유자맨이 되어버릴지도 모른다는 생각."

"하이고…… 또 시작이네."

내 망상을 지긋지긋해하는 삼촌을 보니 어쩐지 신이 나서 내가 만들어낸 유자맨의 능력을 읊어주려 했는데 누가 나타나는 바람에 시작도 못 했다.

"일찍 왔네요?"

삼촌과 나는 소리가 나는 쪽을 바라보고 꾸벅 인사를 했다. 몇 해 전 새로 문을 연 카페의 사장이었다. 삼촌처럼 대학 진학을 위해 이곳 G시를 떠나 S시로 갔다가 다시 귀향한 사람이었다. 삼촌이 S시를 떠나 다시 G시로 돌아온 것은 숙모를 따라서였다. 삼촌은 동향에, 고교 동창이기까지 한 숙모를 만나 연애하다가 결혼을 약속하고 고향으로 돌아와 터를 잡았다. 우여곡절이 많았지만 결국 결혼에 골인했고 1년 전 교통사고로 숙모와 문재 오빠가 죽기 전까지 둘은 깨가 쏟아지는 생활을 했다. 카페 사장도 삼촌처럼 남편과 사별했지만 삼촌과 달리 씩씩해 보였다. 계획도 있었다. 내려오자마자 이곳저곳 빈 건물을 보러 다녔고 오래전 버려져 거의 다 쓰러져 가는 폐가를 인수해 근사한 카페로 개조했다. 카페 파도. 파도를 형상화한 간판 앞에 서서 사진을 찍고 가는 사람들도 많았다. 하지만 커피값이 비싸서 손님이 아주 많지는 않았다. 1년 전 사고를 당해 하던 일을 모두 그만두고 거의 한량처럼 지내고 있는 삼촌이 유일한 단골이었다. S시에 살았던 사람들끼리 통하는 데가 있는 걸까. 삼촌은 그곳 커피가 자기 입맛에 꼭 맞는다고 했다. 나는 커피 맛은 잘 몰랐지만 그 카페가 좋았다. 우리 동네에 있는 건축물 중에 가장 잘생긴 곳이라는 생각도 했다. 내가 어릴 때부터 꿈꿔왔던 공간과도 닮아 있었다. 나는 어릴 때부터 유유자적이라는 카페를 차리고 싶다고 생각했었다. 유자차와 유자호빵과 유자에이드와 유자김치와 유자잼과 유자샴푸와 유자비누와…… 하여튼 유자로 아주 온갖 데다 칠갑을 한 그런 카페를 차려야지 하고. 그때 머릿속에 그렸던 카페의 외관이 카페 파도와 닮았던 것 같았다. 아니, 그건 사실이 아니다. 내 어린 머릿속에서 만들어진 것보다 카페 파도가 훨씬 더 근사했다. 카페 파도를 보자마자 나는 내가 원했던 게 바로 이런 거야!라고 생각했었다. 하지만 삼촌을 따라 종종 드나들면서도 그 장소에 정이 붙지는 않았다. 이유가 뭘까 오래 곰곰이 생각한 다음에 아마도 사장이 너무 친절하기 때문이라는 결론을 내렸다.

"놀고먹는 신세에 이런 기회를 놓칠 수가 있나요."

"저 따 갈 유자는 좀 남겨주세요."

"아직 많이 남았어요."

나는 꾸벅 고개만 숙이고 인사말을 주고받는 두 사람에게서 점점 멀어졌다. 두 사람이 나누는 대화가 안개를 뚫고 드문드문 들려왔다.

"한 해 한 해 갈수록 수확량이 전년만 못하다더라고요. 한철 용돈벌이로는 충분했는데 이젠 약값도 안 된다고. 그것 때문에 속앓이를 하셨는데 차라리 이렇게 팔아버리는 게 훨씬 잘된 일인지도 모르겠어요."

"이거 따 가시면 카페 메뉴에 유자차도 생기는 거예요?"

"유자차도 만들고 유자스콘도 만들고 하려고요."

유자스콘이라는 단어에 눈이 번쩍 뜨였다. 그건 또 어떤 맛일까. 상상하면서 유자를 쥐고 따는 척하는 내 손 사진을 찍었다. 이른 아침부터 외출에 따라나선 건 인스타에 올릴 사진 한 장은 건질 수 있겠다는 판단이 앞섰기 때문이기도 했다. 사진 찍는 소리가 조용한 유자밭에 울려 퍼지자 삼촌이 소리쳤다.

"너 또 농땡이 부리지 말고 하나라도 더 따!"

"따고 있다고!"

소리가 조금 덜 나는 라이브포토 모드로 바꾼 다음에 사진 몇 장을 더 찍었다. 삼촌이 타박을 하니 얼른 하나라도 더 따자 싶었던 참에 유자 대신 다른 걸 발견했다.

유독 수확량이 많아 보이는 나무 아래에서였다. 근처에 떨어져 있던 제법 길쭉한 나무 작대기로 나뭇가지를 툭툭 치니 유자 몇 개가 힘없이 떨어졌다. 그렇게 쉽게 떨어져 버리다니 너무 익은 데다 상처도 생겼을 것 같아 버려두려고 했는데 그 중 생채기 하나 없이 깨끗하고 샛노란 한 알이 눈에 띄었다. 그걸 주우려고 허리를 숙였다가 흙 속에서 귀퉁이가 조금 삐져나온 채로 파묻혀 있는 틴케이스를 발견했다. 나는 원래 계획대로 깨끗한 유자를 주워 바구니에 넣었다. 그리고 바로 허리를 펴는 대신 아예 쪼그려 앉아 그 틴케이스 주변을 나무 작대기로 살살 파보았다. 아직 영하로 내려간 적은 없어 땅이 얼지는 않았을 텐데 오랫동안 비가 오지 않아서 그런지 땅이 별로 무르지 않아 생각처럼 잘 파지지 않고 흙먼지만 일었다. 그래서 별수 없이 삼촌에게 도움을 요청했다.

"삼촌! 빨리 와봐! 빨리!"

호들갑스러운 외침에 뭔 일이라도 났나 황급히 달려온 삼촌과 사장은 내가 가리키는 것을 보고 약간 맥이 빠진 것 같았다.

"하이고…… 또 시작이네."

그러면서도 삼촌은 내가 들고 있던 작대기를 가져가서 힘주어 틴케이스 귀퉁이 주변의 흙을 파내기 시작했다. 곧 모습이 훤히 드러난 틴케이스는 조금 녹이 슨 것 빼면 찌그러진 데 없이 멀쩡했다. 원래는 선물용 과자가 담겨 있던 상자 같았다.

"어떻게 해? 열어봐? 안에 이상한 거 들어 있는 거 아냐?"

"내가 열래."

나는 삼촌에게서 상자를 건네받아 조심스럽게 뚜껑을 열었다. 사장은 진작 흥미를 잃고 우리에게서 멀어져 유자를 따는데 집중하고 있었다. 그 안에는 또 두 개의 깡통이 들어 있었고 각각에 네임펜 같은 것으로 쓴 이름이 희미하게 남아 있었다.

"민호랑…… 초아가 묻은 타임캡슐 같은 건가?"

"삼촌이 초아 열어봐."

나는 민호라고 쓰여 있는 상자를 열었다. 거기에 든 건 도무지 원래 뭐였을지 알 수 없이 썩어 문드러진 쓰레기였다. 어떻게 그 안에 들어가 있었는지 공벌레가 기어 나오기까지 했다.

"으엑."

나는 소리를 지르며 상자를 내동댕이쳤다. 삼촌은 초아 상자를 열었고 거기도 사정은 비슷했다. 하지만 나보다 훨씬 비위가 좋은 삼촌은 썩은 것 사이에서 펜던트 같은 것이 들어 있는 것을 발견했다.

"별게 없네."

그러곤 다시 뚜껑을 닫고 내가 내동댕이친 상자까지 주워 뚜껑을 닫아준 다음 원래 들어 있던 틴케이스에 담아서는 흙에 파묻었다. 그냥 내동댕이쳐도 될 것 같은데, 그렇게 생각했지만 굳이 말리진 않았다. 사장이 유자를 다 따서 돌아가기 전에 삼촌과 내게 파도에서 함께 유자청을 담그면 어떻겠냐고 물었다. 유자청을 담가본 적이 없어 가르쳐줄 사람이 필요하다고 말이다. 나는 왠지 내키지 않았는데 삼촌이 좋다고 고개를 끄덕였다.

우리가 돌아갈 때까지 밭에는 사장 외에 다른 사람은 오지 않았다. 해가 환히 뜨자 안개도 슬슬 물러났다. 나는 돌아가는 내내 툴툴거렸다. 이럴 것을 뭐 때문에 아침부터 나섰느냐, 아무도 안 오지 않았느냐. 운동화에 흙이 잔뜩 묻은 것에 대해서도 툴툴대자 내가 신경질을 내거나 말거나 잠자코 있던 삼촌이 말했다.

"실컷 밟아둬. 이제 영영 밟을 일 없는 흙이니까."

그러고 보니 이 자리에 리조트가 들어서면 흙들은 시멘트에 덮여 다시는 해를 보지 못하게 될 것이었다.

"아……."

삼촌의 괜한 말에 나는 유자밭 흙에 감정이 이입되어 한평생 응달에서 산 사람처럼 기분이 눅눅해졌다.

"먼지 대충 털었으면 아침 먹고 들어가자."

"안 추워?"

"춥지."

"뭐 덮을 거 갖다줄게."

"됐어. 삼촌, 왜 이렇게 나한테 잘해줘."

"그야…… 너는 나의 유자니까."

"뭔 소리야."

"너 나중에 커서 소설가 할 거랬지 한자 공부 좀 해."

휴대폰으로 찾아보니 그건 그냥 조카라는 뜻이었다.

"쉬운 말을 왜 이리 어렵게 해."

주차해 둔 곳까지 걸어가서 나는 운동화 밑창에 낀 흙을 털어내려고 아스팔트 위에 밑창을 문대며 방방 뛰었다.

"됐어, 난 배 안 고파. 집에 가서 다시 잘 거야."

"자긴 뭘 자. 너네 엄마 아빠가 너 수능 끝나고 누워만 있는다고 좀 데리고 다니랬어."

"잘 거라고."

"그럼 너 걸어서 집 가라."

"아……."

걸어서 아예 못 갈 거리는 아니었다. 그러니까 어릴 때는 집부터 이 뒷동산까지 뛰어다니곤 했는데 막 수능을 끝낸 고3에게는 그럴 에너지가 없었다. 결국 삼촌의 포터에 실려 근처 돼지국밥집까지 갔다.

이른 아침인데도 가게는 사람들로 북적거렸다. 아는 얼굴도 있어서 꾸벅 인사를 하며 들어서자 대뜸 대학은 어디로 가느냐고 물었다.

"저 안 가요, 대학. 아빠랑 고기나 잡으려고요."

"너를 얻다 써? 누가 시켜준다든? 파도에 제대로 서 있긴 하려나."

"아니면 여기 근처에 리조트 생긴다면서요. 거기 취직하려고요."

별생각 없이 한 말이었는데 갑자기 분위기가 싸늘해졌다. 삼촌이 내 점퍼를 세게 끌어당기며 쓸데없는 소리 하지 말고 앉기나 하라고 눈치를 줬다.

"저희 돼지국밥 두 개 주세요."

주문하자마자 거의 바로 나온 국밥을 들이켜듯 먹고 가게를 빠져나왔다. 이제 집으로 가려나 싶었는데 삼촌은 이번엔 카페 파도에 간다고 했다.

"모닝커피 한잔해야지."

"10시나 돼야 열잖아."

"오늘 일찍 문 연다더라고. 아까 다 따면 커피 한잔하러 오랬어."

"삼촌, 파도 사장이랑 뭐 있지?"

"있긴 뭐가 있어."

"둘이 무슨 사이야?"

"무슨 사이긴, 친구지. 너 가기 싫으면 그냥 집에 내려줘?"

"아니, 나도 갈래. 거기 핫초코 맛있잖아……."

맨날 자판기 코코아 같은 것만 먹고 살았던 나는 파도의 핫초코를 처음 마셨던 날 큰 충격을 받았다. 그러니까 핫초코라는 것이 원래 초코 맛이 나는 뜨거운 음료가 아닌 진짜 초콜릿을 녹인 것처럼 점도가 있는 무엇이라는 것을 알게 된 것이다. 뜨끈한 국밥으로 속을 채우긴 했지만 그래도 또 달고 따뜻한 걸 한잔 마시면 기분이 훨씬 좋아질 것 같았다.

파도 문 앞에는 'CLOSED'라고 쓰여 있는 팻말이 걸려 있었지만 안에는 불이 켜져 있었고 삼촌이 문을 두드리자 사장이 안에서 나와 문을 열어주었다.

"여태 땄어요?"

"아뇨, 아침 먹고 왔어요. 아침 드셨어요?"

"네, 간단히 했어요. 어서 들어와."

삼촌과 나는 계획대로 아메리카노 한 잔과 핫초코 한 잔을 주문했다. 화장실에 가 손을 씻고 나왔더니 삼촌이 내 흉을 보고 있었다.

"얘가 그 마을 사람들 있는 데서 리조트에 취직할 거라고 헛소리를 한 거 있죠."

"아직 어리니까, 잘 몰랐겠죠."

삼촌 말로는 거기 있던 어촌계 사람들은 리조트 건설을 반대한다고 했다. 어쩌면 오늘도 일찌감치 밥을 먹고 시청에 항의하러 가려고 모인 걸지도 모른다고.

"산에 리조트 짓는다는데 왜 어촌계 사람들이 반대해?"

"거기 골프장도 들어오거든. 너 골프장 잔디 가꾸려고 농약을 얼마나 쳐대는지 알아? 그거 다 씻겨서 어디로 가겠어. 바다로 가지."

"왜 그런 걸 진작 안 알려줬어."

"그 정도로 눈치가 없는 줄은 몰랐지."

나는 삼촌이 하는 말에 더 토를 달려다가 지쳐서 그냥 테이블에 엎어졌다.

"핫초코 드릴게요."

때마침 핫초코가 나와서 나는 몸을 일으켜 그것을 찻숟갈로 곱게 떠서 입 안에 넣었다. 그러고 나니까 삼촌이 뭐라 하든가 말든가 아무 상관이 없어졌다. 두 사람이 대화하는 동안 나는 휴대폰으로 인스타에 올릴 사진을 편집했다. 라이브포토로 찍었던 사진을 불러와 유자를 따는 장면을 움짤로 만들었다. 그걸 삼촌에게도 한 장 전송해 줬다.

"이런 건 어떻게 만드냐. 동영상이야?"

삼촌은 내가 보낸 걸 확인하더니 사장에게도 보여줬다.

"동영상 아니고 라이브포토로 찍으면 돼."

"그게 뭔데?"

"라이브포토도 몰라? 사장님은 알죠?"

사장이 안다는 듯 고개를 끄덕이며 웃었다.

"모르니까 알려줘 봐."

"움직이는 사진이야. 사진 찍히기 전후로 1~2초 정도가 동영상으로 찍히는 거야."

나는 삼촌 옆으로 가서 내가 최근에 찍었던 사진 중 고양이 사진을 골랐다. 휴대폰 화면을 누르고 있자 가만히 있던 고양이가 그루밍을 시작했다. 삼촌은 흥미로운 듯 오, 하고 쳐다봤다.

"1~2초 찍은 걸 언다 쓰냐."

"쓸데가 없나? 이거 매일 1초씩 모아서 한 달 치 만들면 꽤 근사하다? 삼촌도 〈애프터 양〉이라는 영화 한번 봐봐. 내 인생 영화야."

사장이 저도 그 영화 좋아해요, 하고 말을 보태며 영화에서 좋았던 장면을 이야기하는 동안에도 삼촌은 고양이를 계속 눌렀다.

*

나는 처음엔 숙모를 별로 좋아하지 않았다. 그녀는 우리 집에 인사하러 와 나를 처음 본 날 내 얼굴을 뚫어져라 보더니 너는 나중에 커서 쌍꺼풀 수술만 하면 되겠다, 고 말했다. 한창 외모 콤플렉스에 시달리며 다이어트 중이던 사춘기의 나는 숙모의 말에 상처를 받았다. 고교 교사라던 숙모는 내가 상처받은 것도 눈치채지 못한 듯했다. 엄마가 성형 안 시켜준다고 하면 나한테 말해. 내가 수술비 대줄 테니까. 성형이 뭐 별거니? 그런 말도 했다. 몇 번 만날 때마다 매번 그런 식으로 내 콤플렉스를 건드리는 말을 해서 점점 더 싫어하게 됐는데 더욱 싫었던 건 내가 그런 자신을 싫어하는 사실도 잘 알고 있었다는 것이다.

가족들도 숙모를 별로 마음에 들어하지 않았다. 숙모는 삼촌보다 열 살이나 많은 애 딸린 이혼녀였고 그 애가 나보다 한 살이 더 많기까지 했다. 전남편은 췌장암에 걸려 죽었다고 했다. 특히나 할머니의 반대가 심했다. 어디서 궁합을 보고 와서는 남편 잡아먹을 팔자라 절대 결혼하면 안 된다고도 했다. 전 남편도 벌써 죽지 않았냐는 말도 서슴지 않았다. 그 말을 들은 삼촌은 할머니와 연을 끊는 한이 있더라도 결혼하겠다고 밀어붙였다. 다행히도 숙모를 만나본 아빠와 엄마는 숙모에게 호감을 가졌고 할머니도 설득했다.

"사람이, 건강하더라. 밝고 씩씩하고. 한수한테는 그런 여자가 딱이야."

집에서 셋째인 아빠보다 열 살이나 어린 늦둥이로 태어나온 가족의 사랑을 독차지하며 자랐는데도 삼촌은 10대 때부터 우울증을 앓았고 대학 졸업 후 공무원 시험을 준비하면서 사람을 거의 만나지 않고 집 안에만 틀어박혀 살았다. 다 포기하고 S시의 제법 큰 입시학원에 취직해서도 명절에 볼 때마다 사람이 다 죽어가는 인상이었다. 그런 삼촌을 밖으로 끌어내 주고 웃게 해주는 활기를 가진 숙모가 아빠와 엄마는 반가운 것 같았다.

삼촌의 결혼 얘기가 오갈 때 아무도 내 의견 같은 건 고려하지 않았고 나 역시도 처음엔 아무런 관심이 없었다. 나랑 같이 살 사람도 아니고 그때만 해도 삼촌과 나는 별로 친하지 않았기 때문에 자주 만날 일도 없을 거였다. 하지만 나중엔 결사반대의 심정이 되었는데 숙모의 아들이 문재 오빠였기 때문이다. 나는 문재 오빠를 좋아했다. 문재 오빠는 서울에서 살다가 아버지가 돌아가신 후 외가에 맡겨져 G시에서 자랐다. 나와는 같은 중고등학교를 나왔고 같은 학원에 다니기도 했다. 학원은 다니기 싫었지만 가까이서 문재 오빠를 보는 낙을 포기할 수도 없어서 군말 없이 다녔었는데……. 마침내 할머니 승낙도 떨어지고 다 함께 모인 한정식집에서 나는 숙모의 아들이 문재 오빠라는 사실을 처음 알았다. 오빠도 조금 놀란 눈치였다. 우리의 분위기를 눈치챈 숙모는 웃으면서 말했다.

"너 우리 문재 좋아했구나. 어떡하지, 미안해서."

나에게는 하나도 웃을 일이 아니었고 세상이 다 무너지는 일이었기 때문에 숙모의 웃음소리가 아주 사악하고 가혹하고 원망스럽게만 들렸다.

"엄마, 그런 거 아니야. 그냥 학원에서 친하게 지내는 동생이야."

문재 오빠의 그 말도. 늘 나를 향해서 그렇게 환하게 웃어줬으면서.

"알겠어. 하여튼 이제는 마음 접어야 해. 사촌 오빠랑은 어떻게 안 되니까."

학교를 마치고 집에 가다 우연히 숙모를 마주친 적도 있었다. 내가 다니던 학교의 옆 학교 교사로 부임했다는 것은 알았지만 마주칠 일은 거의 없었는데, 버스에서 만나서는 지나치게 반가운 척을 했다. 차가 고장 나 수리를 맡겨 버스를 탔는데 나를 다 만나다니 안 좋은 일들이 일어나는 중에는 좋은 일도 일어나기 마련인 것 같다는 말을 시작으로 계속 떠들어대서 함께 있던 친구들에게 삼촌과 결혼할 사람이라고 소개를 해야만 했다. 그랬더니 자신이 문재 엄마라는 얘기부터, 내가 문재 오빠를 좋아했던 거 아느냐는 얘기까지 모두 쏟아냈다. 친구들은 내가 숙모를 욕하느라 했던 이야기들을 통해 그 사정들을 모두 알고 있었지만 몰랐던 척 고개를 끄덕였다. 결국 친구들과 함께 노래방에 가기로 했던 약속은 취소하고 숙모의 손에 이끌려 둘이서 함께 저녁을 먹으러 갔다. 뷔페식으로 운영되는 샤부샤부 식당이었는데 숙모는 대식가인지 끊임없이 음식을 가져왔다.

"너 우리 문재랑 잘 어울리던데, 나중에라도 영 포기가 안 되면 아줌마한테 말해. 삼촌이랑 이혼해 줄게. 아닌가. 그래도 한번 호적이 얽힌 사이면 어떻게 안 되나."

나는 숙모의 입을 틀어막고 싶었고 왜 단호하게 거절하지 못하고 여기까지 따라와서 이 고난을 겪고 있나 속으로만 후회했다. 그런 내 표정을 읽었는지 숙모가 날 물끄러미 보더니 말했다.

"너 나 싫어하지? 근데 난 네가 마음에 들어. 어렸을 때 날 닮았거든. 이런 얘기도 싫지?"

나는 숙모가 참 싫었지만 참 맞는 말만 한다는 생각을 하며 차돌박이를 연신 국물에 적셔댔다. 금세 익어버린 고기를 폰즈소스에 찍어 먹으니 쓸데없는 소리도 좀 참을 만해졌다.

"내가 어렸을 때 말이야. 옆집에 살던 아줌마를 정말 싫어했어. 매번 쓸데없이 말 걸고 이상한 농담하고 주책맞은 것 같고 하여튼 마음에 안 들었거든. 그런데 크고 보니까 내가 그 사람을 좀 닮았다는 생각이 들었어. 그래서 이젠 그 사람을 안 싫어해. 못 싫어해. 나 같은 사람을 어떻게 싫어해? 너도 날 계속 싫어하려면 조심해. 나처럼 되지 않도록."

그날 밤 집으로 돌아와서는 버스에 같이 있던 친구들에게 전화해 또 한참이나 숙모를 욕했다.

내가 숙모를 싫어하는 마음을 키워가는 동안에 결혼식은 착실히 준비되어 동네에 있는 수협웨딩홀에서 조촐하게 식을 마쳤다. 삼촌과 숙모는 우리 집과도 가까운 곳에 신혼살림을 차렸다. 가족은 멀리 살아야 돈독해진다는데 우리는 운이 좋게 가까이 살면서도 집안 분위기가 점점 좋아졌다. 저녁이면 한 집에 모여 고기를 굽기도 하고 연휴에는 가까운 곳으로 캠핑을 가기도 했다. 그러면서 나는 삼촌과 친해졌고 삼촌은 내게 만만한 사람이 되었다.

그 날도 할머니 집에서 다 함께 치킨을 시켜 먹기로 한 날이었다. 나는 학원에 갔다가 뒤늦게 도착했다.

할머니 집에 들어서려고 했을 때 마당에 누가 서 있는 게 보였다. 숙모였다. 숙모는 마당 가장자리에 서서 누군가와 통화를 하고 있었다. 응, 응. 괜찮아, 좋아. 아냐, 걱정은 무슨. 걱정 없어. 자긴 어때? 그럼, 문재도 잘 지내지. 난 한수 집에 왔어. 좋지. 완전 사랑꾼이야. 그런 말들을 짧게 툭툭 내뱉더니 상대의 말이 길어져 그걸 듣고 있는지 말없이 때때로 웃기만 했다. 나는 숙모가 '자긴 어때?'라고 말했을 때부터 휴대폰을 들어 동영상을 찍었다. 자기라니! 바람이라도 피우는 것 같았고 증거 영상을 남겨두어야겠다는 생각에서였다. 상대의 말을 한참 듣다가 크게 한번 폭소를 터뜨린 숙모는 자기도 그 웃음소리에 놀랐다는 듯 얼른 웃음을 그치고 옅은 한숨을 길게 내쉬었다. 숙모의 입 속에서 흘러나온 흰 입김이 공중으로 퍼져 나갔다. 한숨이 계속 더해져 안개처럼 숙모의 주변을 다 둘러싸 버릴 것만 같았다. 나는 휴대폰 화면 속 숙모와 눈앞의 숙모를 번갈아 보았다. 화면 속에서는 흰 입김이 잘 보이지 않았다. 아주 하얗던 입김이 사방으로 다 흩어져 더는 보이지 않게 됐을 때쯤 숙모가 말했다.

"사는 게 너무 달아……."

말을 마친 숙모가 고개를 돌리면서 나와 눈이 마주쳤다. 슬쩍 웃고 있으면서도 어쩐지 좀 슬퍼 보이는 표정이었는데 나를 발견하고는 안색을 싹 바꿔 환하게 웃어 보였다. 나는 너무 놀라서 동영상을 찍고 있던 것도 잊어버렸다. 사는 게…… 정말 달다……는 생각이 들 만큼 다정한 미소였다. 문재 오빠의 미소가 숙모를 빼닮은 거구나 새삼 깨달았다.

"지영 씨, 나 들어가 봐야겠다. 응, 자기도 잘 지내. 건강하고."

전화를 끊은 숙모는 팔짱을 낀 채 호들갑스럽게 나를 지나치며 "추운데 어디 갔다 왔어?" 하고 말을 붙였지만 딱히 답을 기대한 건 아니었다는 듯 내가 무어라 대꾸하기 전에 서둘러 안으로 들어가 버렸다. 그날 밤 문재 오빠가 할머니 댁 거실에서 잠들어 버려 숙모도 집으로 돌아가지 않고 하룻밤 자고 가기로 했다. 나는 쓰레기를 밖에 내놓는 숙모를 돕겠다는 핑계로 뒤따라 나섰다.

"숙모, 물어볼 게 있는데요."

"뭔데?"

"지영 씨가 누구예요?"

"지영 씨? 아, 친구야."

"어떻게 아는 친구예요?"

숙모는 내 눈을 바라보며 잠깐 뜸을 들였다. 말할까 말까 고민하는 것처럼 보이기도 했다. 나는 어떤 진실을 듣게 될까 긴장되어 침을 꼴깍 삼켰다. 그 모습을 본 숙모가 하하 웃더니 말했다.

"내 전남편이…… 그 사람이 병원에 꽤 오래 입원해 있었어.

그때 같은 병실을 썼던 환자의 보호자야. 우린 거기서 친구가 됐거든. 지금도 종종 연락해."

"왜요?"

"왜? 왜 연락하냐고? 글쎄, 친구니까?"

나는 그런 식으로 알게 된 사람이랑 계속 연락하면 죽은 전 남편이 생각나서 괴롭지 않은지 궁금했던 것 같다. 죽은 사람을 계속 생각하는 건 무조건 괴롭기만 할 거라고 생각했던 탓이다.

*

유자를 따고 온 날에 나는 일찌감치 잠들었다. 새벽같이 일어나 오랜만에 몸을 써서 피곤했던 것 같다. 새벽에 화장실에 가려고 잠깐 깼는데 삼촌 방에서 여자 웃음소리가 들렸다. 삼촌은 사고 이후로는 삼촌의 집보다는 우리 집에서 잘 때가 많았다. 다행히 군대에 간 오빠가 쓰던 방이 비어 있어서 그 방을 썼다. 삼촌은 방에 들어가면 좀처럼 기척 없이 잠만 자곤 했는데 소리가 나니 무슨 일인가 더 귀를 기울이게 됐다. 삼촌 방에서 나는 웃음소리는 내가 언젠가 들어본 적 있는 소리였다. 새벽에 그 소리가 흘러나오는 이유가 궁금해 참지 못하고 삼촌

방문을 두드렸다. 딱히 응답이 들려오지는 않았지만 슬그머니 문을 열고 방으로 들어가자 이불을 반쯤 덮은 채 벽에 기대어 쪼그려 앉아 있던 삼촌이 손에 쥐고 있던 것을 슬그머니 내려놓았다.

"안 자고 뭐 해?"

"어? 어."

"뭐 하냐니까 뭐가 어야."

고개를 든 삼촌의 눈이 축축하게 젖어 있어서 또 무슨 일인가 싶었는데 더 말을 걸기도 전에 눈에서 눈물이 툭 떨어졌다. 삼촌은 남사스러운 일을 들켰다는 듯 황급히 눈물을 닦더니 슬그머니 내려놓았던 휴대폰을 다시 손에 들고 말했다.

"아까 낮에 가르쳐준 거…… 라이브포토. 내가 그동안 사진을 다 라이브포토로 찍었더라. 그걸 이제야 알았네. 동영상을 하나도 안 찍어놓은 게 너무 후회됐는데."

그래서 삼촌은 숙모와 문재 오빠가 찍힌 사진들을 하나씩 눌러보고 있었다.

"이거 봐. 소리도 다 녹음되어 있더라."

삼촌은 숙모의 사진 하나를 눌러서 그 사진이 움직이게 했다. 멈춰 있던 숙모가 어깨를 들썩이며 특유의 쾌활한 웃음소리를 쏟아냈다. 그러다 금방 다시 멈춰버렸다. 1초 만에. 삼촌은 그 사진을 열 번이고 백 번이고 천 번이고…… 누를 기세였다. 나는 삼촌 옆에 퍼질러 앉아서 함께 휴대폰 속 사진을 들여다보며 이것도 눌러봐, 저것도 눌러봐 하고 졸랐다. 삼촌은 즐거운 듯 내 요구에 일일이 다 응해주었다. 1초씩만 있는 목소리들, 웃음들, 고함들, 짜증들, 비명들, 노래들, 한숨들……. 삼촌은 특히나 "한수야"라고 자신을 부르는 숙모의 목소리가 담긴 라이브포토를 좋아했다. 삼촌이 쓸데없는 짓을 저질러서 그만두라고 타이르는 어조처럼 약간 신경질이 섞여 있었는데도 그랬다. 이건 한 번만 더 듣자. 내가 빨리 다음 것도 눌러보라고 재촉할 때에도 삼촌은 한 번 더, 한 번만 더, 하며 그 사진을 눌렀다. 한수야, 한수야, 한수야…….

삼촌 방에서 나올 때는 우리 둘 다 실컷 웃고 울어서 눈이 아주 새빨개져 있었다.

다음 날 우리는 예정대로 유자를 이고 지고 파도에 갔다. 사장은 칼과 도마와 큰 통과 설탕과 필요한 것들을 다 마련해 놓고서 우리를 기다리고 있었다.

"사실 유자청을 담글 때 크게 기술이 필요한 게 아니에요. 반을 갈라 속을 파내고 껍질을 채 썰어서 설탕과 1대1 비율로 병에 담으면 되거든요. 파낸 속은 즙을 짜서 조금 넣어도 좋고요."

사장도 다 알았을 것이다. 요즘처럼 검색만 하면 뭐든 다 찾을 수 있는 세상에. 만드는 동안 심심하지 않으려고 우리를 부른 것 같았다. 우리로서도 집 안을 난장판으로 만들지 않아도 되니 좋았다. 우리는 업무를 분담했다. 삼촌이 깨끗하게 세척한 유자 꼭지를 따고 반으로 가르면 내가 속을 파내고 사장이 채를 썰기로 했다. 채를 써는 일이 제일 시간이 오래 걸릴 테니 나중에는 모두 그 일에 합류하기로 했다.

"그럼 시작해 볼까요?"

무한히 반복될 것 같은 그 노동 속에서 우리는 너저분한 일상의 잡담을 나누었다.

"하이고…… 침 다 튀겠어요."

한참 웃고 떠들던 사장이 갑자기 생각났다는 듯 말했다. 맞는 말이었다. 아무도 마스크를 쓰고 있지 않았으니 침이 다 튈 것이다. 그건 우리가 코로나 시대를 지나면서 절절히 깨달은 것 중 하나였다. 누가 기침하는 걸 볼 때나 케이크의 초를 훅 불어 끄는 모습을 볼 때도 침이 뿌려지는 모습을 상상하게 되었다. 우리가 말할 때 기침할 때 웃음을 터뜨릴 때 우리의 입속 비말이 그러니까 침방울이 사방으로 퍼져 나간다는 것을 절절히 알게 되었다.

그 유자청이 우리만의 것이었다면 침이 조금 섞이는 것은 누구도 크게 개의치 않았을 것이다. 유자는 설탕에 포개어져 다디달게 절여질 것이고 겨우내 썩지 않을 것이다. 감기 기운이 있을 때마다 뜨거운 유자차를 마시고 그 새콤한 맛에 몸서리를 칠 것이다. 유자청이 담긴 병은 봄이 오기 전에 바닥을 보일 테고.

"마스크 드릴게요."

본격적으로 떠들기 위해서인지 사장이 마스크를 가져와 나누어 주었다. 같은 자세로 오래 앉아 있다가 어깨며 목이 뻐근해질 때면 기지개를 켰다. 그때에도 수다는 멈추지 않았다. 우리는 맡은 몫을 모두 다 해내고 이제 유리병에 채 썬 유자와 설탕을 켜켜이 쌓는 단계로 넘어갔다.

"삼촌, 왜 안 썩어? 설탕에 절여놓으면?"

"글쎄, 검색해 봐."

"손이 없잖아."

"시리한테 물어봐."

"시리야, 유자청은 왜 안 썩어?"

시리는 그건 잘 모르겠습니다, 하고 대답했다.

"민호랑 초아 말이야. 걔네들 타임캡슐도 설탕에 담았으면 안 썩었을까."

"그럴 리가."

"그거 뭐였을까. 그거 썩어 문드러져 있던 거."

"어제 밭에 묻혀 있던 거 말이에요?"

"네, 박스에 뭐가 들어 있었는데 다 썩어 있었거든요."

"에구, 아깝네. 뭔지 몰라도 그 사람들한텐 의미가 있는 거였을 텐데. 잘 밀봉했으면 안 썩었을 텐데."

누구의 손도 안 타게 밀봉해서 물도 산소도 닿지 않게 하면 영영 썩지 않을 수 있을까. 나는 내가 상자를 열었을 때 꾸물꾸물 기어 나왔던 공벌레를 떠올렸다. 어쩌면 영영 썩지 않는 것도 못할 짓이라는 생각이 들었다.

일찌감치 시작해서 점심 전엔 끝날 줄 알았는데 쉬엄쉬엄해서인지 양이 너무 많아서였는지 점심때를 한참 지나서야 끝이 났다. 우리는 크게 기지개를 켜며 자축했고 뒤늦은 점심으로는 김장김치와 수육을 먹었다.

"옆집 어른이 김치를 좀 주셔서 삶아봤어요."

"신세만 지는 건 아닌지."

"커피 많이 팔아주세요."

거기다 유자막걸리까지 곁들였다.

"너 술은 어른한테 배워야 하는 거야."

삼촌은 짐짓 근엄한 체하며 내게 술을 줄까 말까 고민하다가 한 잔은 괜찮겠지 하고 따라주었다. 나는 아빠를 닮아서 술이 셀 거라 자신하며 인생 첫 술을 넙죽 받아 마셨다. 그런대로 마실 만해서 또 받아 마셨고 수육이 너무 느끼해서 또 받아 마셨다. 그러면서 무언가 많은 이야기를 했던 것 같은데 기억나지 않았다. 다들 신이 나서 많이 웃었고 유자청을 병에 넣을 때 그 웃음소리도 함께 넣을 수 있으면 좋았을 텐데 생각했던 것은 기억난다. 그 웃음들. 달고 새그럽고 따뜻하고……. 유자차를 마실 때마다 나는 매번 새롭게 그 맛에 놀라며 헛웃음을 짓게 될 것이다.

그러다 정신을 차렸을 때는 한차례 곯아떨어지고 난 다음이었다.

"죽을 때까지 원하는 걸 가질 수 없다는 걸 어떻게 받아들여야 할지 모르겠어요."

나는 카페 벽 쪽에 있는 긴 의자에 눕혀져 있었다. 삼촌과 사장은 술을 주거니 받거니 하며 이야기를 나누고 있었다. 둘 다 약간 취기가 오른 것 같았다.

"뭘 얼마나 대단한 걸 바라길래 가질 수 없을 거라 단정부터 지으세요?"

삼촌은 헛웃음만 지을 뿐 대답을 하지 않았지만 나는 답을 알 것 같았다. 그야…… 아무래도…… 죽고 없는 것이니까. 삼촌이 원하는 것은 삼촌 정한수와 아내 김미정과 아들 오문재로 이루어진 가족이었고, 정한수를 제외한 두 사람은 교통사고로 죽고 없다. 그러니까 삼촌이 원하는 것은 살아생전엔 절대 다시 이룰 수 없다.

"그런 생각 해본 적 없으세요?"

삼촌은 자신처럼 가족과 사별한 사장이 자신의 말을 이해하리라는 기대에 사로잡혀 갈구하듯 물었다. 사장은 무슨 이야기인지 깨달았다는 듯 얕게 탄식하더니 입을 열었다.

"저는 별로…… 행복하지 않았어요."

사장은 삼촌을 전혀 이해하지 못하는 눈치였다. 삼촌도 그런 사장을 이해하지 못했다. 나는 막 잠에서 깬 척 몸을 일으켰다.

"저 물 좀 주세요……."

사장은 때마침 잘됐다는 듯 얼른 몸을 일으켰다.

삼촌이 생각보다 많이 취해서 집에 있던 엄마를 불렀다. 집으로 향하다가 삼촌이 갑자기 술도 깰 겸 바닷바람을 쐬고 싶다고 했다. 엄마는 날도 추운데 안 그러던 사람이 웬일로 술주정이냐며 투덜거리면서도 해안 쪽으로 차를 몰았다. 한참 달리다가 해안 절벽 쪽에 잠깐 차를 세웠다. 삼촌은 기침을 하면서도 차에서 내려 벼랑 앞에 섰다. 나는 괜한 걱정에 그 뒤를 따랐다. 엄마는 누군가와 통화하며 우리를 지켜보고 있었다. 바닷바람이 너무 세서 볼이 다 얼 것 같았다. 삼촌 얼굴도 술 때문인지 바람 때문인지 시뻘겠다. 삼촌은 먼바다 쪽을 보다가 한순간 아래를 흘긋 쳐다보았다. 그 시선 때문이었는지 나도 모르게 그런 말이 나왔다.

"삼촌! 죽지 마……."

삼촌은 고개를 들어 나를 멀뚱 바라보다가 웃으며 말했다.

"어떻게 그래. 삼촌도 사람이잖아. 사람은 다 죽어."

그 말은 숙모의 농담을 닮아 있었다. 숙모는 좋은 사람이었다. 숙모는 대범했고 뭐든 대수롭지 않아 했다. 죽는 게 뭐 별거니. 언젠가 다 함께 놀러 가 번지점프를 할 기회가 있었을 때 내가 줄이라도 끊어져 죽으면 어떻게 하냐고 무서워하자 그렇게 대꾸했었다. 그건 너무 별건데. 진짜 별건데. 지금 생각해보니 그렇지만 그때는 왠지 무서운 마음이 사라졌었다. 아무래도 숙모의 씩씩한 말투와 표정 때문이었으리라.

"그런 재미없는 농담도 좀 하지 말고. 너무 끝으로 가지 마. 이쪽으로 와."

나는 왠지 무서워져서 차에 타고 있는 엄마를 돌아봤다. 엄마가 나를 보더니 전화를 끊고 문을 열고 몸을 반쯤 내민 채 외쳤다.

"추운데 그만 가자! 삼촌도 얼른 오세요."

엄마가 소리치자 삼촌은 망설임 없이 우리 쪽으로 걸어왔다.

*

그해가 다 가기 전에, 처음으로 기온이 영하로 내려간 날에 밀봉해 두었던 병 하나를 열었다.

"삼촌, 한번 마셔봐."

삼촌은 뜨겁지도 않은지 김이 모락모락 나는 유자차를 벌컥 들이켰다.

"맛있다."

"달지?"

"응, 달아."

"너무 많이 달지는 않아?"

"왜 어때서. 유자찬데. 너무 달아야지."

삼촌이 유자차를 홀짝홀짝 마시는 모습을 가만히 지켜보다가 나도 한 모금 마셨다. 역시 너무 달았다. 숙모도 문재 오빠도 입맛이 똑 닮아 새콤달콤한 걸 좋아했으니 이 달달한 것도 분명 무척 좋아했을 것이다. 내가 태어나서 처음으로 만든 유자청이라는 걸 알고 마셨다면 더 맛있게 마셔주었을 테고.

"삼촌, 유자차 맛있다. 내가 만들어서 더 맛있나 봐."

"그러게. 이제 해마다 유자청은 네가 담가라."

사는 게 너무 달아서 때론 숙모와 문재 오빠에게 미안해졌다. 달고 따뜻한 걸 살아남은 우리만 계속 먹는 것 같아서. 숙모를 몰래 찍은 동영상이 있다는 걸 삼촌에게 차마 말하지 못했다. 혼자서만 껴안고 있으면 썩어 문드러질 것을 알면서도 어쩐지 선뜻 삼촌에게 그 영상을 내보일 수가 없었다. 지극히 행복할 때마다 느닷없이 슬퍼지곤 하는 사람이 될 수도 있다는 것을 이제는 나도 알지만.

"진짜 달아."

나는 몸을 부르르 떨었다.

밤밤

Ingredients

- □ 밤
- □ 찜솥
- □ 과도
- □ 깐 밤을 담을 통(생략 가능)
- □ 친구(생략 가능)

How to cook

밤은 이래 먹어도 저래 먹어도 맛있지만 내가 가장 좋아하는 밤은 찐 밤이다. 밤을 찌기란 무척 쉽다.

1. 밤을 찜솥에 들어갈 만큼 양껏 준비한다.
2. 박박 잘 씻어서 30분 정도 충분히 물에 불려 놓았다가 찜솥에 잘 쌓는다.
3. 30분 정도 끓인 후 불을 끄고 5분간 뜸을 들인다.
4. 뜸을 들인 후 바로 찬물로 씻어준다.
5. 과도로 껍질을 벗긴 후 통에 넣거나 내 입에 넣거나 한다.

이 모든 일은 금요일이나 토요일 밤, 그러니까 다음 날이 휴일인 날 밤에 하는 것이 좋다. 밤을 찌는 동안 수증기가 퍼져 집 안에 뜨뜻한 열기가 가득 찰 것이고(집이 너무 넓으면 안 그럴 수도 있다. 그러니까 뭐 하러 그렇게 큰 집에 사나?) 구수한 향기도 차오를 것이다. 내일은 늦잠을 자도 되는 날이니 그 모든 것을 만끽하며 여유를 부릴 수 있다. 밤을 찌는 동안은 밤껍질을 깔 준비를 마치는 것이 좋다. 과도와 껍질을 버릴 쓰레기봉투, 밤을 담을 통을 준비하는 것은 물론이고 함께 수다를 나눌 친구나 아니면 시청할 영화 혹은 드라마, 청취할 팟캐스트를 정하면 된다. 밤껍질을 까는 일은 무척 고된 일이므로 이와 같은 유흥거리들은 노동요와 같은 것이다. 갓 쪄서 아직 축축하게 젖어 있는 밤의 껍질을 까서(마른 밤보다 훨씬 잘 까진다) 한 입에 쏙 넣으면 밤이 점점 더 깊어지기를 바라게 된다. 굳이 뭐 하러 껍질을 까나? 싶다면 반을 갈라 찻숟갈로 퍼 먹어도 좋을 것이다. 남은 건 내일 먹어야지 생각하지만 대체로 남지 않는다.

TIP 작가의 다른 책 더 읽어보기

김지연

지은 책으로 소설 《빨간 모자》 《마음에 없는 소리》 《태초의 냄새》가 있다.

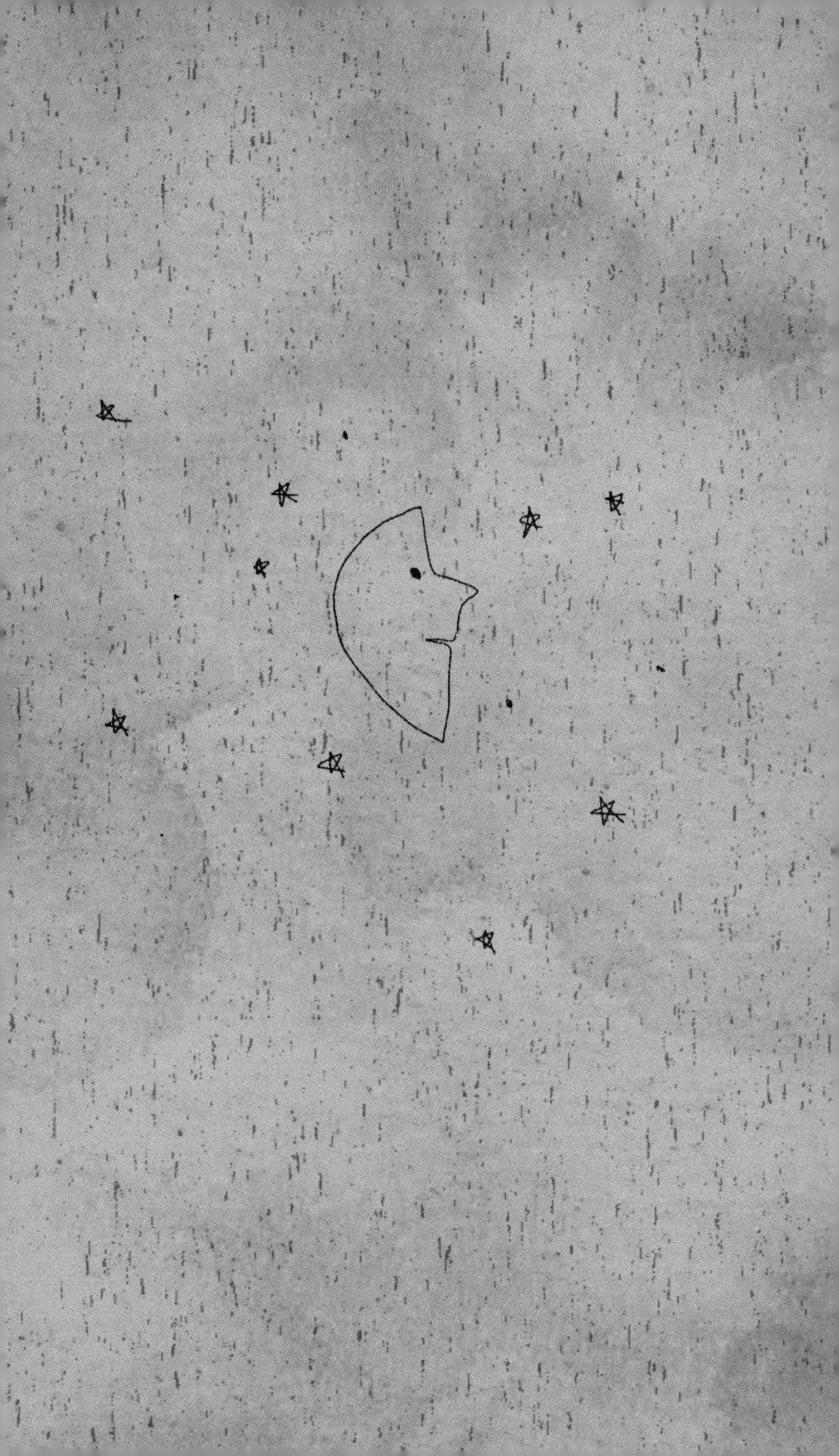

겨울 간식집

발행일 2023년 11월 27일 초판 1쇄

지은이 박연준·김성중·정용준·은모든·예소연·김지연
기획 읻다
편집 이해임·김준섭·최은지
디자인 이은돌
일러스트 지정
제작 영신사

펴낸곳 읻다
발행인 김현우
등록 제2017-000046호. 2015년 3월 11일
주소 (04035) 서울시 마포구 양화로 11길 64, 401호
전화 02-6494-2001
팩스 0303-3442-0305
홈페이지 itta.co.kr
이메일 itta@itta.co.kr

ISBN 979-11-93240-15-1 03810

책값은 뒤표지에 있습니다.
잘못된 책은 구입하신 서점에서 바꾸어 드립니다.